ベリーズ文庫

# お見合い相手は俺様専務!?（仮）新婚生活はじめます

藍里まめ

JN179498

STARTS
スターツ出版株式会社

目次

# お見合い相手は俺様専務!?
# （仮）新婚生活はじめます

# 見合いから逃げたのに

つまらないお坊っちゃまとの見合いは、もう勘弁してほしい……。

八月のよく晴れた日曜日、私は都内の一流ホテルにいた。

三階にある美容室で、涼やかな水色の振袖に着替え、肩下までの黒髪を美しく結い上げられたらそこを出て、藍色の絨毯《じゅうたん》敷きの廊下を進む。

私が逃げないようにと、両脇は両親に固められていた。

「莉子《りこ》、そんなに嫌そうな顔をするんじゃない。二十六の娘らしい、可愛げのある笑顔を作るんだ」と叱ったのは、私の右腕を捕らえている父だ。

下ろしたての紺色のスーツをビシッと着込んでいるため、脂肪の蓄積されたお腹も、貫禄と思えなくもない。さすがは創業百八十年の歴史を持つ静岡《しずおか》の老舗《しにせ》会社『織部茶《おりべちゃ》問屋《とんや》』の社長だと言われそうな雰囲気も醸し出しているが、その実、経営は傾いて今にも潰れそうである。

「そうよ、莉子」と父に賛同するのは、私の左腕を捕らえている母だ。

「あなたは由緒正しき織部家の娘なのよ。もっと上品に優雅に振る舞ってちょうだい。

小さい頃からしつけたんですもの、やればできるはずでしょう？」

我が家が金持ちであったのは遠い昔のことなのに、まだ特権階級にいるような感覚から抜け出せずにいる母は、初めて見る若草色の色留袖を着ている。こちらも父と同様、今日の私の見合いに合わせて新調したらしく、クレジットカードのローン残高は減らないどころか増す一方だろう。

江戸後期に創業し、名の知れた製茶卸問屋であった家業は、昭和の中頃の最盛期には千人ほどいた従業員数を三十人にまで減らして、すっかり落ちぶれてしまった。緑茶市場の大きな売り上げを占める大手飲料メーカーが、問屋を通さずに直接茶葉を契約農家から買い付けるようになったため、そういう状況に陥っている。

誰が悪いのかといえば、時代の波に乗り損ねた父であり、こうなればもう細々と生き長らえる道を模索して、栄華を極めた過去はすっぱりと忘れるべきである。

それなのに、浪費癖の直らない両親には困ったものだ。

ひとり娘の私が実に庶民的な感覚を持って育ったのは、学費の高い私立の学校には入れず、小中高と静岡の普通の公立校で過ごしたためであろう。

私は身の程をわきまえていて、交際相手は自分と同程度の庶民がいいと思っているのだが、両親は織部家の娘に相応《ふさわ》しい相手をと、良家のお坊っちゃまとの見合い話をひっきりなしに持ってくるのだ。もちろん全てお断りしているが、今日の見合いは今年に入って四度目で、通算だと十度目になる。

「今日のお相手は特別に素晴らしいのよ。大企業の社長の息子さんで、ご自身も専務をなさっているそうよ。これ以上ない良縁だわ。なんとしても頑張らないと！」

やる気をみなぎらせる母がそう言えば、父も張り切って加勢する。

「頭脳明晰《めいせき》、容姿端麗。三十一歳まで結婚せずにいてくれたことが奇跡のようだ。まるで莉子との出会いを待っていたかのようで、運命を感じるな」

オホホ、アハハと笑い合いながら、無言の娘をぐいぐいと引っ張って歩く両親に、私は大きなため息をついた。

是が非でも私をどこぞの御曹司に嫁がせようと意気込む理由は、今は落ちぶれても、かつては名家だった織部のプライドがあるからだろう。

それと、もうひとつ。

今にも倒産しそうな家業に資金援助をしてもらいたい、という狙いもある。

百八十年の歴史を守りたいという、両親の気持ちもわかるけれど、私は自分の人生を犠牲にしてまで親孝行するつもりはない。

結婚するなら、私と似たような庶民感覚を持った人の方がいい。普通に恋愛して、お互いの相性をよく見極めてから結婚するのだ。そうでなければ、一生独身でも構わない。

三階の廊下を進むと、エレベーターホールにたどり着く。

時刻は十四時になろうとしているところで、これから五階にある懐石料理店のお座敷で、会食しながらの見合いが始まる。

これまでは渋々、見合いの席についてあげた私だが、十度目となる今回は、『いい加減に諦めてよ！』という不満が膨らみ、相手の情報も右から左に聞き流して名前も記憶していないし、写真を渡されても開いて見ることもしなかった。

九度目までの見合い相手は皆、自慢話のような、私にとっては退屈な話しかできず、彼らが興味を示すのは私の中身よりも容姿であった。着飾ればそこそこ美人だと言われる私なので、自分の横に飾っておくのに適切かどうかだけを気にする、実につまらないお坊っちゃまたちだったのだ。

当然、見合い終了後に私からお断りした。

今回の相手も、どうせ同じような男だろう。そう思うので、大人しく席につく気はない。

自宅を出た時と美容室に入る前に二度、脱走を企てたが失敗し、両親を余計に警戒させてしまったけど、今度こそは……。

無人のエレベーターが到着して、私は中へと連れ込まれる。

まだ両腕はしっかりホールドされているが、父が扉を閉めるボタンを押すと、ふたり揃って気を緩め、私から腕を離した。

狭い箱の中では、逃げようがないと思ってのことだろう。

このチャンスを待っていた私は、草履の爪先をサッと前に出して、扉が完全に閉まるのを防ぐ。私の足を挟んだ扉はガコンと音を立てた直後、再び開いた。

その隙に廊下に飛び出した私は、着物の裾をたくし上げて、全力で駆け出した。

「莉子、待ちなさい！」と慌てる両親の叫びが後ろに聞こえるけれど、捕まってなるものかと必死の私は、エレベーターホールの横にある階段を駆け下りる。

振袖に草履は走りにくいが、着物なのは母も同じで、父は太っているため足は遅い。こうなれば、若くて体力もある私が断然有利だ。

一階ロビーのフロント前まで戻ってきた時には、両親との距離をかなり離したようで声は聞こえず、気を抜きかけた。

シックで豪華なソファセットと観葉植物の鉢植えの向こうに、エントランスの自動扉が見えて、脱出成功まであと少しである。

やったね。

ドタキャンすれば、両親のメンツは丸潰れだろうけど、何度言っても私の意見を聞いてくれなかったのだから、今回は強硬手段に出させてもらう。

これで、もう見合い話は持ってこないだろうし、やれやれだ。

するとその時、フロントから横に十メートルほど離れた場所にあるエレベーターが開き、扉の隙間に母の若草色の着物地がチラリと見えた。

階段で追うのではなく、エレベーターを使って下りてきたとは予想外だ。

両親と私の距離は十メートルほどで、まずい！と慌てていたら、私の横を誰かが通り過ぎようとしていた。

高級そうなライトグレーのスーツに爽やかな水色のネクタイを締めた長身の青年で、太ってはいないが、私をすっぽりと隠してくれそうな逞《たくま》しい体格をしている。

彼はフロントの方へとまっすぐに歩いていたが、スーツの腕を掴んで引き止め、私の方を向かせた。

眉を上げて驚く彼に、事情を説明している余裕はない。彼を盾《たて》としてその陰に身を隠した私は、冷や汗を流しながら、両親の声に耳を澄ませる。

「莉子がいないぞ。どこへ消えた!?」

「あなた、裏玄関かもしれないわ」

バタバタと走るふたりの足音が、フロント横の通路の奥へと遠ざかっていき、私はホッと胸を撫《な》で下ろす。けれども外に出るまでは用心しようとすぐに気を引きしめ直し、私に訝《いぶか》しげな眼差しを向けている彼に、声をかけた。

「すみません。このまま私を隠して外まで出てください。変な女だとお思いでしょうけど、不審者ではありません。脱出したら、事情はお話しします」

彼の怪しむような目つきは変わらないが、無言で言う通りにしてくれる。

私を隠したままロビーの正面玄関から外に出て、ロータリーを歩いて敷地外へ。

ホテルの御影石の塀と、隣に立つ商業ビルの間の狭い路地にふたりで入り、向かい合って足を止めた。

「やった、脱出成功！　これもあなたのおかげです。ありがとうございました」

蒸し暑い屋外でも、私の心はすっきりと爽やかだ。

達成感に片手を握りしめ、不愉快そうな顔の彼に笑顔を向ければ、低い声で「それで？」と淡白な返事をされた。

事情説明すると言ったことを思い出し、見合いが苦痛で逃げ出したのだと、苦笑いして打ち明ける。

「金持ちなだけの、つまらないお坊っちゃまは嫌なんです」

私の正直な暴露に、彼はなぜか眉間の皺《しわ》を深くした。身長百五十八センチである私の、二十五センチほど上から、睨むような視線を向けてくる。

見たところ彼は、三十歳前後だろうか。短く清潔に整えられたダークブラウンの髪はきっちりと固めすぎず、斜めに流した前髪が風にそよいで形のよい額を撫でている。肌色は健康的で、切れ長二重の涼やかな目元に、筋の通った鼻梁《びりょう》。適度な厚みを持つ唇は大人の色気があり、メンズファッション紙の表紙を飾りそうな見目好い男性である。

身なりを完璧に整えて、この一流ホテルにやってきたということは、これから友人の結婚式にでも参列するのだろうか。それともホテル内のレストランで恋人か誰かと落ち合い、食事を予定しているのかもしれない。

彼が睨んでくる理由は、『忙しいのに、そんなことに俺を巻き込むな』と言いたいためだと推測した私は、機嫌を直してもらおうと、「お詫《わ》びとお礼にこれを……」と帯の隙間に指先を差し入れた。

そこから取り出したのは、個包装された飴玉ひとつ。

家業を継ぐ気のない私は、大手製菓会社の東京《とうきょう》本社で営業事務をしていて、この飴は今年の秋に発売予定の新商品『焼き芋キャンディ』だ。

その名の通り、焼き芋味で、初めて口に入れた時は戸惑ったが、舐《な》めていると個性的でソフトな甘みが癖になる。

手ぶらで逃げ出してしまったので、今お礼に渡せるものはこれしかなく、「あげます」と彼の手に強引に握らせると背を向けた。

「それでは、私はこれで」

無口な彼を残して歩き出した私だが、注意事項を伝えるのを忘れていたことに気づき、顔だけ振り向いて言葉を付け足す。

「その飴、私の勤務先の新商品なんですけど、発売前なので本当は他人にあげてはいけないんです。ＳＮＳには載せないでくださいね」

彼は依然、不機嫌そうな顔つきで、私ではなく手のひらの飴を睨んでいた。

貴重な発売前のものでも、やっぱり飴玉一個じゃお礼にはならないか……と思ったが、二度と会うことはないだろうし、彼の機嫌についてはそれ以上気にしないことにして、「さようなら」と別れを告げる。

路地を出る前に通りに顔だけ覗かせ、注意深く辺りを見回したけれど、両親の姿はない。どこか別の場所を捜しているようだ。

さて、タクシーを拾って、ひとり暮らしのアパートに帰ろうか。

財布がないので電車やバスには乗れないが、玄関ドアの脇に置いてあるサボテンの鉢植えの中にスペアキーを隠しているから家には入れる。タクシー代は部屋に置いてある現金で払えばいいだろう。

帰ったら、この重苦しい振袖を脱ぎ捨てて、趣味に没頭しよう。日曜日は休息や娯楽に時間を費やすもので、意味のない見合いに煩《わずら》わされるべきではないのだ。

私は少しも悪くない。

清々《すがすが》しい気分で空を仰げば、心が弾み出す。

ギラギラと照りつける夏の日差しに、通りを歩く人々は疲れた顔をしていても、私だけは笑顔で、羽が生えたように足取りは軽やかだった。

見合いから逃げ出した翌日の月曜日。

昨日の疲れを引きずったまま出社した私は、十七階建ての自社ビルの、二階の廊下を歩いている。この階に更衣室があり、水色のタイトスカートとチェックのベストという制服に着替えるためだ。

更衣室にたどり着き、ドアを開けながら大あくびをしたら、ちょうど中から出てくる女性社員と鉢合わせする。

大口開けた私の顔が恐ろしかったのか、彼女は「キャッ」と可愛らしい声をあげて驚く。それから目を細めると、「織部さんでしたか。ごめんなさい」とクスクスと笑った。なんとなく、嫌みな感じのする笑い方である。

彼女は私のひとつ年上で、美人受付嬢の東条《とうじょう》さんだ。エントランスの総合案内カウンターに向かっている時の彼女は、とても人当たりのよい笑顔を浮かべているけれど、なぜか廊下などでばったり私と出くわした時には、こうして棘《とげ》のある視線を向け、嫌な笑い方をする。

いや、なぜかではない。

彼女は自分のライバルになりそうな女性社員を警戒しているのだ。

私も社内でたまに、美人だと言われる時があるけれど、容姿を自己評価するなら中の上だ。どちらかというとガサツで女らしくないこの性格を隠していないため、特に男性にモテるということもない。社内の男性に告白されたのは、入社して三年ほどの期間で一度だけである。

男性社員の多くが憧れている、マドンナ的存在の東条さんの方が何倍も輝いているのだから、心配しなくていいよと言ってあげたかった。

けれども彼女とは挨拶程度の付き合いしかしていないため、「おはようございます。驚かせてすみません」とだけ答えて、私は更衣室の中へ入り、彼女は廊下へと出ていった。

テニスコート一面分はありそうな広い室内は、縦長のスチールロッカーが二十列ほど並び、壁際も同じロッカーで埋められている。

九時の始業前のこの時間は大勢の女性社員でごった返しており、あちこちで交わされる会話の声がうるさく、香水や整髪料などの匂いが混ざり合って気持ちのよい空間ではなかった。

私の勤めるこの会社は『ファンベル製菓』。業界第三位の売り上げを誇る名の知れた企業で、グループの総従業員数は四千人を超えている。年間売上高は千五百億円を超え、老舗とは名ばかりで今にも潰れそうな織部茶問屋とは対照的な、勢いのある大企業だ。

人をかき分けるようにして、中央辺りにある自分のロッカーにたどり着いたら、「莉子、おはよ！」と明るい声を隣に聞いた。

同期で所属部署も同じ、今一番親しい付き合いをしている上村茜《かみむらあかね》だ。

私たちは営業部で、外回りの社員のサポートをする事務系の仕事をしている。

少し茶色い顎下までのショートボブが似合う彼女は、やたらとポジティブな考え方の持ち主で、その点以外は気の合う友人だ。

この不快な空間にいても、元気な笑顔を見せてくれる彼女に、「茜、おふぁよ……」と、今日何度目かのあくびをしながら答えれば、「寝不足？」とおかしそうに笑われた。

その後に、ハッとしたように問われる。

「昨日、見合いだって言ってたもんね。さては、お相手と熱い夜を過ごしてたな？今回はうまくいったんだ。よかったね、莉子！」

あくびひとつで、そこまで想像できる茜はすごい。

彼女の大きな声に周囲の視線が私に向いたのを感じ、「ちょっと声のボリューム落とそうか。そういう噂は広まりやすいからね」と注意して、着替えをしながら誤解を解く。

「見合いはせずに逃げたんだ。寝不足なのは親のせい。電話で深夜まで叱られててね……」

茜に話しながら、昨日のことを思い出し、げんなりしていた。

ホテルから少し離れた場所でタクシーを拾い、自宅アパートまで戻ったら、もう一苦労が待ち受けていた。

玄関ドアの脇に置いているサボテンの鉢の中に、スペアキーが見つからない。

もしや……と思い、音を立てずにドアノブを回せば、玄関に母の草履が揃えて置かれているのが目に入り、そのままそっとドアを閉めた。

ホテルのフロントに預けたままにしていた、私のスマホや財布を届けてくれただけなら感謝したいところだが、もちろんそうではない。

父はホテル周囲を捜索し、母は私の帰宅の可能性を考えて、先回りして待ち伏せる作戦に出たようだ。

ホテルを出て四十分ほど経っているというのに、遅刻しても見合いの席に連れ戻す気が満々な様子で、まだ諦めていないことを察した。

それで私は自宅に入れず、大家さんのもとへ行く。

私の住む築五十年の古い二階建てアパートを所有しているのは、すぐ隣の一軒家に暮らす八十間近の、人のよいおばあさんだ。

事情を話せば、笑って家に入れてくれて、タクシー代も立て替えてくれた。

そして大家さんの家の電話を借りて母に連絡し、『今日は帰らないからいくら待っても無駄だよ』と告げたのだ。

それから数時間して、大家さんの家の窓から、母がアパートを出ていく姿を見たのは、日が落ちようとしている時刻。

それでやっと自宅に帰ることができたのに、今度はスマホが鳴り響く。

今逃げても、明日明後日と鳴り続けることだろうし、仕方なく叱られるために電話に出ると、予想通りの苦情を聞かされた。

相手方に迷惑をかけ、親に恥をかかせたと責められて、娘の将来を思っての親心がわからないのかと泣かれたのだ。

昨夜はそれが数時間続いて、時刻は深夜二時を回り、気づいたらスマホを耳に当てたまま寝落ちしていた。だから、今朝はあくびが止まらないのである。

見合いをドタキャンしてからの顛末《てんまつ》をかいつまんで説明したら、茜は楽しそうに笑った。

「莉子のご両親、熱いハートの持ち主だね。娘の幸せを願う気持ちが強いんだよ」

「素敵だね」と持ち前のポジティブさで締めくくられて、私は苦笑いするしかない。

純粋に娘の幸せを願っての見合いなら、私も逃げるまではしなかったと思うけど、うちの両親には邪《よこしま》な考えがあるからね。

御曹司との結婚で、茶問屋に資金援助をという、腹黒い狙いが……。

なにを言っても茜からは少々的を外した前向きな感想しか返ってこないのはわかっているし、私としても悩みを共感してもらいたいわけではないので、見合いの話題は終わりにした。

着替えをして、茜と一緒に更衣室を出る。

「焼き芋キャンディの販促用の資料、今週中にまとめておいてと係長に言われて……」と仕事の話をしながら、四階にある営業部に向かっていた。

階段で二階分を上がり、廊下を少し進んで開けっ放しのドアの内側へ入れば、時刻は八時五十分。

営業部の総員は百七十人ほどで、営業エリアで十に班分けされていた。広いフロアには机を繋げた島が、それと同数浮かんでいる。それぞれの班に私たちのような事務職の社員がひとりずつ配置されていて、私は三班、茜は九班の担当であった。

彼女とはデスクの位置がかなり離れているので、「じゃあ、またお昼に」と手を振り別れて、私はドアから程近い自分の席にショルダーバッグを下ろした。

続々と社員が出勤してきて、広々とした営業部のフロアはスーツ姿の男女で混み合う。

外回りをする女性社員は制服ではなく、スーツ姿だ。そのため水色の制服を着た私は、営業部内では目につきやすい格好だと言えるかもしれない。

「織部さん、おはよう」と、わざわざ私のデスク横を通って声をかけてくれる男性社員たちに、飾らない笑顔で挨拶していたら、あっという間に始業時間になった。

フロアの最奥に私たちを統括する部長デスクがあり、定年間近で貫禄のある男性、岩寺《いわでら》部長が立ち上がる。それが朝礼を始める合図である。

司会進行は、十一人いる係長が交代で務めている。今週の担当は八班に所属している三十代男性係長のようだ。

全員が起立して、全体指示を聞く。週始めの月曜は特に指示が多いため、私は聞き漏らさないように集中してメモ帳にペンを走らせていた。

すると、係長の声だけが響いていたフロアに突如、電話が鳴り響く。

鳴ったのは部長デスクの電話機で、岩寺部長が受話器を取り、誰かと会話していた。

始業時間を過ぎれば、内線外線問わず、電話がひっきりなしにかかってくるので、それは珍しいことではない。

係長は気にせず、手にした用紙を見ながら全体指示を読み上げており、私たちもメモすることに意識の大半を向けている。

「セボンイレブンさんは、来月の十五日から自社ブランドの秋の新商品を並べるそうなので、それより三日早く、うちの新作を出すことが決まりました。各班のセボンさんの担当者は――」

係長の指示出しを、「ちょっといいかな」と言って遮ったのは、岩寺部長だった。すでに電話は終えていて、誰かを探すようにフロア全体に視線を動かしている。

朝礼を止めてまでの急ぎの連絡が入ったためだと思われるが、それは一体なんだろう。

気になりつつも、部長を通しての連絡なら私とは無関係に違いないと、呑気に構えていた。私は役職についていない下っ端で、重要案件を抱えることのないサポート的な仕事しかしていないからである。

それなのに、二十人ほどの社員の隙間を縫って、部長の視線が私に留まったから、驚いて心臓が跳ねた。

「三班の織部、専務がお呼びだ。今すぐ専務室に行ってくれ。用件は来てから話すと仰《おっしゃ》っていたが……お前、なにかしたのか？」

専務からの呼び出し……!?

なにかしたのかと怪訝《けげん》そうに問われても、逆に私が同じ質問をしたくなる。

私と専務に接点はなく、入社して四年目になるが会ったこともない。社長や副社長は、社員総会で挨拶する姿を目にしたことがあっても、末端社員の私は専務の名前すら知らないのだ。呼び出される理由に心当たりなどあるはずがない。

全営業部社員が注目する中、冷や汗をかいて「わ、わかりません」と上擦る声で答えたら、岩寺部長は首を傾げて唸《うな》るようなため息をついてから、「とにかく行ってこい」と私に指示した。

「はい……」

焦りと困惑を抱えた私は、朝礼を抜けて廊下に出る。

この階には企画部も入っているのだが、そちらも朝礼中のようで、廊下は無人であった。

エレベーターに乗り、十七階のボタンを押す。そこに、重役たちの執務室が集中している。

エレベーターが上昇している間、頭の中は忙《せわ》しなく、呼び出し理由を探していた。

もしかして、顔も名前も知らない専務と廊下ですれ違ったことがあり、その時に私が無視してしまったから、お怒りなのだろうか？

でも、それくらいで呼び出すものかな……。部長を通じての注意くらいが妥当かと思うけど、無視が度重なるものであったとしたなら、『今後は私の顔を覚えておけ』

と文句を言いたくなるものかもしれない。

そう推測して、謝れば許してもらえるだろうかと顔を曇らせたら、十七階に到着したエレベーターが静かに扉を開けた。

仕事用の黒いパンプスが踏んだのは、廊下に敷かれた紺色の絨毯だ。個室のドアは味わいのある木目調で、壁には高そうな風景画が飾られている。

他の階の、白とグレーでまとめられたシンプルで機能的な空間とは異なり、大企業の重役たちが過ごすに相応しい上質なしつらえである。

この階に足を踏み入れたのは入社時のオリエンテーション以来で、エレベーターを降りて右側に進めば秘書課があるということは、記憶に残っていた。

専務室の場所がわからないため、ウロウロするより聞いた方が早いと思い、まずは秘書課に向かう。

エレベーターから十メートルほど先にある秘書課のドアをノックしたら、「はい」という若い女性の声がして、私よりふたつか三つ年上だと思われる秘書が応対に出てきてくれた。

「営業部の織部さんですよね。どうしました？」

私の名前を知ってくれているようだが、言葉を交わすのは初めてである。

彼女は知的で整った顔立ちで、ベージュのタイトスカートのオフィススーツを上品に着こなしている。

その顔を何度か社内で見かけたことはあるけれど、なにぶん大きな会社なので、名前を知る機会はなかった。

「あの、専務室はどこでしょう?」と尋ねれば、不思議そうな目で見られる。

「高旗《たかはた》専務に、どのようなご用事が?」と問う声には緊張が感じられた。

その理由は、「私は高旗専務付きの秘書の、西尾《にしお》です。専務から、織部さんの訪室を知らされておりませんが……」ということのようだ。

「そうですか。私もよくわからないのですが、専務から岩寺部長に連絡が入り、私をお呼びになっていると聞きまして」

西尾さんに事情説明しつつ、教えられた専務の名前について考える。

高旗という名字は社長と同じだ。ということはきっと、親族なのだろう。

弟だろうか?と予想し、社長と同じ中肉中背で前髪の生え際が後退している、眼鏡をかけた五十代の男性をイメージしていた。

専務が社員の誰かを呼び出す時は必ず秘書を通していたのか、西尾さんは私の説明になおも釈然としない様子であった。けれども、私からこれ以上の情報を得られないことはわかったみたいで、「こちらです」と廊下を先に立って歩き出す。

その案内に従って進むと、エレベーターを過ぎて個室のドアをふたつ見送り、二十メートルほど歩いた先にある扉の前で彼女が立ち止まった。

ドア横には、【専務室】というい小さなプレートが貼られている。

西尾さんがドアをノックすると、「どうぞ」という低い声が中から小さく聞こえ、電子錠が解錠された。

叱責のための呼び出しであろうという推測のもと、緊張と不安で私の鼓動は大きく速く鳴り立てた。

ドアを開けて先に一歩、中に入ったのは西尾さんで、「営業部の織部さんをお呼びになりましたか？」と確認している。

その斜め後ろに立つ私は、彼女の頭と肩越しに室内を覗いているのだが、ブラインドの下ろされた窓と、その手前にある黒い革張りのソファセット、観葉植物の鉢植えにコーヒーメーカーしか見えない。この角度からでは、「ああ、呼んだ」と部屋の奥で答える、声の主の姿を目にすることはできなかった。

ただ、その声にはハリと艶《つや》があり、若い男性のように聞こえて、私は戸惑う。

社長の弟かと予想していたけど、どうやら違うみたい。それなら、息子だろうか……？

若くして大企業の専務の職を得るとは、私がこれまで見合いの席で顔を合わせた男性たちと同じ、〝お坊っちゃま〟という種類の人間だと思われる。

そのキーワードで、恐れや緊張は急速に薄らぎ、代わりに嫌悪感が膨らんだ。

私が出会った九人のお坊っちゃまは皆、自慢話が大好きだった。

ホテルオーナーの御曹司だという人は、政界の大物や芸能人との交流があることを得意顔で話していたが、私は少しも感心できなかった。すごいのは芸能人や大物であって、あなたではないと思うばかり。

ある有名な建設会社社長の息子は、クルージングが趣味であると、私に話した。自身が所有する高級クルーザーで、友人と二カ月の船旅をしてきたばかりだと鼻高々に教えてくれたが、それにも私はため息をついただけで、これっぽっちも惹かれない。『遊んでばかりいないで、働きなよ』と心で思うだけだった。

他のお坊っちゃまたちも、一億円の名馬を購入して馬術大会に出場したとか、実家の敷地が東京ドーム八個分だとか、お金を積めば誰でも入れると聞いたことのある、とある海外の大学院に留学していたとか、色々な自慢話を披露してくれた。

『それで、あなたはなんの努力をしてきたの？』と聞きたくなるような話ばかりで、私の中の御曹司に対するイメージはかなり悪い。

そのくせ見合い相手の私には、美しく教養があって、陰から夫を支える大和撫子のような淑女《しゅくじょ》を求めてくるから、冗談じゃないと言ってやりたくなる。

高旗専務は私の見合い相手ではなく、まだ秘書と会話する声しか聞いていないというのに、条件反射的な不快感に襲われて思わず顔をしかめていた。

『うちの会社の専務も、お坊っちゃまなんだ……けっ』と心の中で毒づいたら、西尾さんが「どのようなご用でお呼びになったのでしょう？」と専務に問いかけていて、私の意識はその問題に戻される。

そうだった。いくら相手が私の嫌いな御曹司であっても、専務からの叱責は、私にとって大問題だ。クビにされては困ってしまう。

ファンベル製菓に入社することは、子供の頃からの夢だった。それは私の趣味と関係していて、奨学金を借りて東京の大学を出た後も、静岡に帰らずにそのままこっちで就職したのは、実家から逃げ出したかったという理由だけではない。

秘書の質問に、専務はなんと答えるのかと緊張していたら、「西尾は関知しなくていいことだ」と低い声を聞く。

「織部を入れてくれ。お前は下がっていい」

冷静で事務的な口調だが、付け足された咳払いには苛立ちが滲んでいた。

「はい」と返事をしつつも、廊下に立つ私に振り向いた彼女は、不服そうな顔をしている。「どうぞお入りください」と横にずれて、立ち位置を譲ってくれたが、私を見る目には非難めいたものを感じた。

そんな目で見ないでよ。西尾さんを部外者扱いしたのは、私じゃないのに……。

更衣室では受付嬢の東条さんに敵意のある視線を向けられて、今は専務秘書の西尾さんに睨まれた。今日は朝からついていないと思いつつ、「織部です。失礼します」と声をかけ、一歩入室する。

保身のため、少しでも印象をよくしたいという気持ちが、私に深々と頭を下げさせる。

後ろでパタンとドアが閉まり、電子錠がかけられた音がした。

西尾さんは秘書課へ戻っていったことだろうし、専務とふたりきりという状況に、鼓動がまた少し速度を上げげた。

すると「顔を上げろ」と鋭い声で命じられる。

「はい……」

緊張の中で私は恐る恐る姿勢を戻して、周囲を確認した。

執務室の広さは十五畳ほどで、右手に窓がある。部屋の中央には木目のミーティングテーブルが置かれ、少人数の打ち合わせができそうだ。

壁の書棚には仕事関係のファイルが整然と並べられて、最奥に大きな執務机。その上にデスクトップのパソコンが二台と、ノートパソコンがのせられ、書類が積まれている。

専務は声の通り、おじさんではなく青年で、肘掛け付きで背もたれの長い立派な執務椅子に、ゆったりと背を預けて座っていた。

年の頃は三十前後だろうか。ライトグレーの高級スーツに爽やかな水色のネクタイを締め、ダークブラウンの髪は前髪を斜めに流し、ナチュラルさを残したビジネスヘアに整えられている。切れ長二重の瞳に、男の色気を湛《たた》えた少々肉厚の唇を持ち、美麗な顔立ちをして……。

七、八メートルほど先にいる専務の顔を目にした私は、見覚えがあることに気づいて、ハッと息をのむ。

誰だったかと考え込むことはなく、すぐに思い当たり、「あっ！」と驚きの声をあげた。

昨日の人だ……。

私が見合い会場であるホテルから逃げる際に、その逞しそうな体を隠れ蓑《みの》として使わせてもらい、お礼に焼き芋キャンディをあげた青年だった。

これは、まずい。呼び出しの理由は、そういうことだったのか……。

焦りながら後悔したのは、飴玉についてだ。お礼がたったのそれだけということではなく、これから発売する新商品であったからだ。

まだ未発売のものを勝手に部外者に譲渡することは禁じられている。

規則を破ったことを叱責するつもりでは……と冷や汗をかいた私だが、その直後に、専務はうちの会社の関係者だから、結局は問題ないのではないかという逃げ道も見つける。

頭の中は大忙しだけど、私は『あ』の形で口を開けたまま固まっていた。

すると不機嫌そうな顔の専務が、「遠すぎる。こっちに来い」と鋭い声で命じる。

むしろ遠ざかりたい心境でいても、無視するわけにいかないので、ミーティングテーブルを回って、執務机の前まで行く。

机を挟んで専務と向かい合い、叱られる前に先手を打って謝ることにした。

「昨日は大変失礼いたしました。高旗専務があのホテルにいらっしゃったとは……。未発売の商品を渡すという行為につきましては、深く反省しております。申し訳ございません」

手をお腹の前で揃えて、軽く頭を下げる。

『わかっているならいい。今後は気をつけろ』と言って、許してくれないだろうか……。

そう願っていたのだが、「まだわかっていないのか」と、逆の言葉をかけられた。

どうやら焼き芋キャンディについて叱責するつもりはないようで、だとしたら、なにについて注意しようとしているのか……。

困り顔を専務に向ければ、彼は足を組み替えて、その膝の上に指を組んだ両手をのせた。整った顔の眉間に皺を刻み、私を三秒ほど凝視すると、それからおもむろに唇を開く。

「〝つまらないお坊っちゃま〟で悪かったな。俺がお前の見合い相手だ」

それは昨日の私が、彼に事情説明した際に用いた言葉であった。

たっぷりと嫌みが込められた非難の言葉に、私は『嘘……』と心の中で呟き、絶句する。

十度目になる昨日の見合いは、最初から会う気はなかったので、母が電話口で相手の情報を伝えてきても、全くといっていいほど聞いていなかった。ハンズフリーにしたスマホをテーブルに置いて、お菓子を食べながら刑事ドラマの録画を見ていたのだ。

主役刑事の決め台詞《ぜりふ》は記憶に残っていても、見合い相手の名前さえ頭に入っていない。送られてきた写真については、開くことなくゴミに出してしまった。

ああ……。

あの日の自分を大馬鹿者と叱ってやりたい。今、後悔しても、遅いけれど……。

青ざめる私の背中には、冷や汗が伝う。

よりによってなぜ勤め先の専務と見合いをさせるのかという、非難の思いが込み上げたが、それは両親のせいではなかった。

このファンベル製菓に勤めていることを、私は両親に秘密にしているのだから。

東京の名のある大学を出た私は、静岡の実家に戻って家業を手伝えという親の希望を受け入れず、こっちでの就職を選んだ。

織部茶問屋に未来は見えないし、私に給料を払えばさらに財政は逼迫《ひっぱく》する。私のせいで古くからの従業員を解雇するという事態になりそうで、それが嫌だった。

自由気ままなひとり暮らしを手放したくないという思いもあり、加えてファンベル製菓にどうしても勤めたい理由もあった。

勤め先を両親に隠したのは、『莉子が就職を決めたというなら、最高級の茶葉を持って上役に挨拶しにいかねばならん』と父が言ったせいだ。

それは単なる挨拶ではなく、〝由緒正しき織部家の娘なのだから、粗末に扱わないでくれ〟というプレッシャーだろう。

そんなことをされて、内定を取り消されては困ると慌てた大学四年生の私は、とっさに嘘をついた。

『ごめん。派遣会社に登録しているだけなんだ。正社員での雇用先は見つからなかった。あちこちの会社に短期契約で出向くことになると思うから、挨拶は不要だよ』と。

それで両親は今でも私の勤め先を知らないし、これまでの見合い相手への説明にも、嘘が……。

まずいと焦っても、有効な逃げ道を見つけられなくて言い訳できずにいたら、専務は机の引き出しを開けて、なにかを取り出した。それは写真台紙のようで、彼が開くと、振袖を着た私の立ち姿の写真がチラリと見えた。

その写真の横にはメモ書きが貼られていて、専務が不愉快そうな声で読み上げる。

「大学を卒業後、織部茶問屋で経理の仕事をしつつ、花嫁修業中だと書かれている。それなのに、うちの社員とは、どういうことだ？」

険しい顔で追及されて、私はさらなる窮地《きゅうち》に立たされる。

これまでの見合い相手の全てに、両親は嘘の情報を伝えている。名家のプライドから、織部家の娘が一介の派遣社員だとは言えず、時々家業を手伝いつつ、花嫁修業に精を出すお嬢様である、というイメージを持たせたいようだ。

私の写真とともに、その嘘の情報も高旗専務に伝えられ、彼としてもまさか、見合い相手が部下だとは思ってもいなかったのだ。

嘘をつかれた上に見合いをドタキャンされ、『金持ちなだけの、つまらないお坊っちゃま』と面と向かって悪口を言われたら、こうして呼び出して文句をぶつけたくなるのも頷ける。

ああ、私はクビだろうか……。

ファンベル製菓で働く毎日が楽しかったのに。

さらに詳しく事情説明したら、私の気持ちを理解してもらえないだろうか……。

震えそうな両手を強く握りしめた私は、泳がせていた視線を高旗専務に向けた。

一か八かで、なにもかも正直に打ち明けよう。

それで許してもらえずクビにされたなら、仕方ないと諦めるしかない。

緊張の中で、「実は――」と私は話し出す。

織部茶問屋の経営が危うく、それで両親が資産家の子息とばかり見合いをさせることや、それを私は苦痛に思っていることを。

お嬢様ではなく庶民的な考えの持ち主なので、御曹司とは交際する気がないことも話した。

通算十度目となる昨日の見合いは、最初から会う気がなく、相手の情報を聞かず、写真も見ずに捨ててしまったことも隠さなかった。

「もう見合いは嫌だという気持ちを両親にわかってほしくて逃げました。ですが専務には多大なご迷惑をおかけしまして、本当に申し訳ございません。図々しいお願いですが、どうかこのままファンベル製菓で働かせてください」

相槌《あいづち》も頷きもなく、私の話を黙って最後まで聞いていた専務は、おもむろに立ち上がった。執務机を回って私の横に立つ。

彼の方に体を向ければ、五センチヒールのパンプスを履いていても、拳《こぶし》ふたつ分ほど上から見下ろされ、気圧されそうになる。

私の気持ちと事情をわかってもらいたいので、その圧に耐えて視線を逸らさずにいたら、フンと鼻を鳴らされた。

「名前も聞かず写真も見ずに、俺を拒否したということか」

「はい。すみません」とはっきり答えれば、彼の男らしい指が私に伸びて、顎をすくった。十五センチほどまで、急に顔を近づけられる。

キスされるのではないかと大きく心臓を跳ねさせたが、色気のある展開には進まず、彼は私の目の奥を覗き込みながら挑戦的な声色で問う。

「それならば、見合い相手が俺だと知った今は、どう思っている。それでもお前は、俺に不足があると言うのか？」

その言い方には、俺を断る女はいないという自信が透けていた。

傲慢《ごうまん》に思えるが、確かに大企業の社長の息子で専務取締役であることや、容姿端麗で男らしく逞しい体つきを見れば、女の方から寄ってきそうな男である。

けれども私の目にはかえって、その点がマイナスに映る。容姿はともかく、苦労知らずのお坊っちゃまとは相性が悪いのだと、これまでの見合い相手が私に教えてくれたのだから。

御曹司は無理だと言ってしまおうかと迷ったが、これでも少しは社会経験を積んだ大人の女性なので、なるべく相手を傷つけないような断り方をしようと試みる。

「高旗専務の見た目はとても素敵だと思います。ですが、中身を知りませんので、なんとも答えようが……。それに私は――」

私はお嬢様ではなく、実家は落ちぶれて、専務と見合いをする資格もないのだと言おうとしたのに、途中で言葉を遮られ、「それなら」と彼が話し出してしまった。

「中身を知った上で判断してもらおうか。そうだな……二カ月あれば充分だろう。今日から二カ月間、俺の家に住め」

真顔で突拍子もない命令を下した重役の彼に、私は末端社員であることも忘れて、「はあっ!?」と失礼な驚き方をした。

「同居しろってことですか!?　そこまでしなくても、何回か食事をするくらいでいいじゃないですか！」とただちに反論したら、唾が飛んでしまったのか、彼は嫌そうに目をすがめて、近すぎる顔の距離を戻した。

私の顎先から外した指で、前髪をかき上げる仕草が妙に色っぽい。

それに見惚《みと》れることなく、「専務！」と声を荒らげたら、彼はズボンのポケットに片手を入れて歩き出し、執務椅子に戻っていった。

不遜《ふそん》な態度でふんぞり返るように座ると、私に侮蔑の視線を向けてくる。

「俺は仕事が忙しい。女とのデートに時間を割けるほど暇人じゃない。同居すればお互いの性格や癖や嗜好《しこう》も丸わかりだろ。中身までよく理解した二カ月後に判断すればいい。言っておくが、俺からも断る権利はあるからな」

中身を知らないと言ったのは私だけど、いきなり同居なんて、横暴な。

下心があってのことならまだわかるけど、彼の言動には私に対する好意的なものを感じない。それならなぜ、専務にとっても面倒くさいことを言い出したのか……。

困惑する私に、彼は深いため息をついてからボソリと呟く。

「俺もこれまで何度も見合いさせられて、うんざりだ。お前の気持ちはよくわかる」

だったら、この話はなかったことにして終わりでいいのではないかと思ったのに、

「だが」と語気を強めた彼が強気な瞳に私を映した。

「女から断られるのは不愉快だ。お前を俺に惚れさせて、冷たく振ってやる。そう考えれば、お前とのふたり暮らしも面白そうだな」

ニヤリと口の端をつり上げ、ククくと悪党のような笑い方をする彼に、私は遠慮なく眉を寄せた。

なんなの、この人。私から見合いを断った形で終わるのが嫌だからって、強制同居で惚れさせて振ってやるって……プライドの塊《かたまり》か。

全力で拒否したい気持ちではあるが、会社をクビにされることと天秤《てんびん》にかければ、二カ月耐える方を選ぶ。

もしかすると、これは私にとってもチャンスかもしれないし、茜の真似をしてなるべくいい方に考えてみよう。

入社以来、営業事務をしている私だけど、本当は製品開発の仕事がしたい。

それはファンベル製菓にどうしても就職したかった理由や、私の趣味と関連している。

専務と仲良くなれば、製品開発部に異動させてもらえるかもしれないし……。

前向きな捉え方をしてみた私は、しかめ面を解いてニッと笑ってみせる。

「わかりました。二カ月、お世話になります」

迷いのない口調で答えたら、予想外だったのか、高旗専務が凛々《りり》しい眉を上げて、目を瞬かせていた。

## 喧嘩するほど相性がいい？

高旗専務から同居命令が下されてから半日ほどが過ぎ、今の時刻は二十一時四十分。

私がいるのは彼の自宅のリビングで、持ってきた荷物を段ボール箱から出しているところだ。

仕事を定時で終えた後は、忙しかった。

帰宅して、二カ月の同居に必要な荷物をまとめ、引っ越し業者のおじさんとふたりで、軽トラックでそれを運び終えたのが一時間半ほど前のことである。

専務は遅くまで仕事らしく、まだ帰宅していない。住所をメモした紙と鍵を渡されただけで、朝、専務室に呼び出されて以降、顔を合わせていなかった。

ただ、荷造りをしていた時に、今日交換したばかりのアドレスからメールが届き、そこには気遣いとも嫌みとも取れる言葉が綴《つづ》られていた。

【言い忘れていたが、引っ越しに関わる経費と同居期間の光熱費、食費等は全て俺が出す。貧乏人のお前には払わせないから安心しろ】

貧乏人と言われるほどに金銭的に困窮してはいないが、毎月、給料日前には財布の中身を気にしているのは確かだ。

専務が払ってくれるというなら、ありがたくそうさせてもらうことにする。

こんなに立派な分譲マンションに、ひとり暮らししているのだから、お金が余っていそうだしね……。

この家に着いた時、そのセレブな住環境に驚いた。

都内の一等地にあるコンシェルジュ付きのタワーマンションで、最上階の3LDK。リビングダイニングは二十畳もあり、お洒落にバーベキューや日光浴を楽しめそうな広いテラスまでついている。

夜の今は、開口部の広い南向きの窓から、眩《まばゆ》い都会の夜景が見えていた。

部屋のインテリアは黒と茶を基調にした落ち着きあるモダンなもので、チョコレートブラウンの革張りのカウチソファが目を引く。

座り心地のよさそうなそのソファと、背もたれの曲線が美しい木製チェアがふたつ、木目の丸テーブルを囲んで、大きなテレビの前に置かれていた。

黒いテレビボードの両サイドには、同じデザインの五段のオープンラックが設置されていて、そこに装丁《そうてい》の美しい洋書や洋楽のレコードが並べられている。モノクロの風景写真や、ガラス鉢に入った多肉植物の寄せ植えなどもあり、こだわりの小物たちがセンスよく飾られていた。

奥にはひとり暮らしにはもったいない立派なオープンキッチンと、カウンターテーブルに椅子が三つ並んだダイニングスペースがあり、どこを見てもモデルルームのようにお洒落な部屋であった。

書斎と寝室以外は自由に使っていいと言われていて、私の部屋として、ベッドと机付きのゲストルームが与えられた。

その部屋に衣類や少々のメイク道具などを片付けるのは時間がかからなかったのだけど、今、リビングのテレビ横にあるオープンラックの前でしている作業は、なかなか骨の折れるものである。

しかし、楽しい作業でもあった。

ふたつあるうちの右側の棚からセンスのよい小物たちを全て撤去して、代わりに持ってきた私物を飾っていく。

それは手の中にすっぽり収まってしまうような小さなフィギュアだ。

恐竜シリーズに、サバンナの動物、アマゾンの鳥類、コスタリカの昆虫もある。

こんなに小さいのに、どれもリアリティがあって精巧《せいこう》に作られているから、いくら眺めても飽きることはない。

生き物以外にも、料理や洋菓子、野菜シリーズ等々、全十二個のシリーズ総数は、八十に上る。これらはファンベル製菓から発売されている、『たまごんチョコレート』という卵形のチョコレートの中に入っているおまけの玩具だ。

このお菓子、通称『たまチョコ』と出会ったのは小学六年生の時で、以来十四年間、どっぷりとはまっている。このフィギュア収集が私の最大の趣味であり、ファンベル製菓にどうしても入社したかった理由でもある。

大人気商品なので好評なシリーズはすぐに売り切れてしまい、なかなか手に入らない時もあるのだ。社員特権で、まとめ買いできる今を、とても幸せに思っていた。

ひとつひとつ思い入れのあるフィギュアをニヤニヤと眺めては、それを慎重に並べていく。

一時間ほどかけて棚一杯に飾り終えた、ちょうどその時、玄関で物音がした。

私が立ち上がって振り向くと、リビングのドアが開けられて、帰宅した高旗専務が現れる。

時刻は二十二時四十分で、こんなに遅くまで仕事だったとは気の毒に。

どうやら彼はお坊っちゃまという同じ括《くく》りにいても、私の何度目かの見合い相手のように、二カ月もクルージング旅行をするような遊び人ではないようだ。

物憂げな顔をしているのは疲労のせいなのか。片手でネクタイを緩めつつリビングに入ってきた彼は、その目に私を映して「ただいま」と言ってから、ギョッとした顔をした。

「それはなんだ⁉」と問う彼の視線の先は、私の後ろのオープンラックに向いている。

「たまごんチョコレートのフィギュアですけど……?」

自社の看板商品を知らないのかと首を傾げた私だが、「そんなことは知っている」と不愉快そうに言われる。

彼はツカツカと私の二歩手前まで歩み寄り、「なぜこんなに大量のフィギュアを俺のリビングに飾るんだ。棚にあった物はどこへやった?」と詰問調で聞いてきた。

撤去したお洒落な小物たちは、引っ越しで使った段ボール箱に入れて、リビングの壁際に置いてある。

指をさしながらそう伝え、勝手なことをしたと怒っているような彼の矛盾を指摘した。

「書斎と寝室以外は自由に使っていいと言ったじゃありませんか。ですから、この棚も私の好きに使わせてもらいました」

すると彼は、さらに眉間の皺を深くする。

「自由にという意味は、そうじゃない。キッチン用品やバスルームの備品等の使用と、スペースの共有という意味だ。フィギュアを飾りたいならお前の部屋にしてくれ。今すぐにこの棚をもとに戻すんだ」

厳しい顔つきの専務の命令を「嫌です」ときっぱり拒否したら、彼が面食らった顔をした。

「もちろん私の部屋にも飾りますけど、それだけじゃ物足りない。段ボール五箱分、持ってきていますから。可愛いたまチョコフィギュアに囲まれていないと、くつろげないんです」

十四年間で集めたフィギュアを全て飾るのは、スペースの問題で無理があるため、その時の気分で取り替えたり、配置換えをしたりするのもまた楽しい。

たまチョコは年に六シリーズ新作を発売しており、フィギュア十二種類を全て揃えたいから、ひとシリーズにつき百個購入することにしている。

百個買うと二万五千円で、なかなかの出費であるが、それだけかける価値がある。

私の熱いたまチョコ愛を否定するのなら、専務との同居は無理だと思っていた。

「飾らせてくれないなら、私は自宅アパートに帰ります。そうなれば、私を惚れさせてから振ってやるという専務の企みは失敗に終わりますね。見合いは私から断ったという形のまま終わってしまいますけど、いいですか？」

彼との距離を一歩詰め、その端整な顔を見上げた。

専務のことはまだよく知らないし、睨まれたら怖いという感情が湧くけれど、負けてたまるかと強気な視線を真正面からぶつけて、さらに彼を追い詰める。

「同居初日のほんの数分でお互いのことがよくわかりましたね。私と専務は相性が悪いようです。ご縁がなかったということで、お断りさせて——」

彼を拒否する言葉を皆まで言わないうちに、「わかった。好きに飾ればいい」という、私の望み通りの言葉をもらった。

諦めたようにため息をつき、「気の強い女だ」と私を非難した彼は、それからプッと吹き出して笑い始めた。

次に面食らったのは、私の番だ。

その笑い方は馬鹿にしているという雰囲気ではなく、どこか好意的なものを感じる。

今まで怒っていたというのに、一体どうしたのだろうと目を瞬かせたら、突然、背中と後頭部に腕を回され、抱き寄せられた。

「キャッ！」と短い驚きの声をあげた私の目の前には、緩んだネクタイの結び目がある。

鼻先をワイシャツにつけ、爽やかな香水の香りをほのかに感じたら、耳にゾクリとするほど色気のある声を吹き込まれた。

「この俺を睨んでくる女がいるとはな。嫌いじゃないぞ。落としがいがありそうだ。お前は同居生活を早く終わらせたいようだが、そうはさせない。帰りたければ、早く俺に惚れることだな」

クククと悪党のように低く笑う声を聞きながら、私は気に入られたのかな……？と考えていた。

どうやら専務は、素直でおとなしく言うことを聞く女より、私のように気が強くて楯突く女の方が好みらしい。もっともそれは恋愛感情ではなく、『落としてやる』という挑戦的な男心で、女の側からすれば、冗談じゃないと非難したくなるものではあるけれど……。

「どうだ、ドキドキしているか？」と楽しそうな声色で問われ、「いいえ、これっぽっちも」と努めて冷静に答えた。

本当は、これ以上ないほどに鼓動は速度を上げ、顔は熱く火照《ほて》っている。

元彼と別れたのは三年前のこと。男性に抱きしめられるのは随分と久しぶりで、新鮮な驚きと恥ずかしさを感じていた。

私の力では解けそうにない逞しい腕に、耳を掠《かす》める温かい吐息と、男性用の香水の香り。それらに少なからず動揺しているが、悟られまいと平静を装う。

高旗専務じゃなくたって、見目好い男性に突然抱きしめられたら、誰だってドキドキするよ……と、自分の心にも言い訳をしていた。


翌朝、マットレスの柔らかさが絶妙なベッドで目を覚ました私は、寝ぼけた目をこすって部屋の中を見回した。

見慣れぬカーテンと、クローゼットに机。未開封のたまチョコが詰まった段ボール箱は、いつもとは違う場所に積まれている。

布団と枕は馴染みのある私のものだけど、マホガニーのベッドフレームはお洒落で品があり、私の趣味とは違ってセレブ的であった。

ここはどこだろう?と考え、すぐに高旗専務の自宅であることを思い出す。

そうだった。二カ月の同居生活が始まったのだ。

昨夜は突然専務に抱きしめられて動揺したが、その後すぐに解放してくれた。

笑いながらシャワーを浴びにリビングから出ていった彼を見送って、敗北感に似た悔しさを感じていたっけ。

ああいう攻撃はずるいと思う。

やたらと偉そうでプライドが高く、同居などと面倒くさい要求をする人だけど、外見は素敵だ。それは認める。

でも、私が彼に惚れることはない。交際相手は相性重視の私なので、見た目のかっこよさで心はぐらついたりしない自信があった。

もしまた抱きしめられることがあったとしても、今度は少しも動揺しないと決意して、ベッドから下りてカーテンを開ける。

朝日は目を細めるほどに眩しく、今日も暑い一日になりそうだ。

クローゼットを開け、通販雑誌で購入した安物のマリンボーダーのチュニックと、白の七分丈パンツに着替えた私は、洗面所で顔を洗ってからリビングに向かう。

朝食はいつも適当だ。菓子パンだったり、シリアルだったり。卵かけご飯にインスタントの味噌汁の日もよくある。

今朝は目覚ましのアラームよりも三十分早い六時半に起きたので、時間に余裕があるからハムエッグでも作ろうか。

昨日、冷蔵庫を覗いたら、食材は色々と入っていた。

六枚切りの食パンは、手をつけた袋を自宅アパートから持ってきているので、それをトーストして……。

珍しく朝からフライパンの使用を考えている私だが、専務の分まで用意する気はさらさらない。

なぜなら、私は家政婦ではないし、彼に料理を作ってあげたいと思うような関係でもないからだ。

もし、『俺の分は？』などと聞かれたら、自分で作れとはっきり言ってやろうと思いつつ、リビングのドアを開ける。

すると中からふんわりと、食欲を誘う、だしと醤油のいい香りが漂ってきた。

「え……？」と呟いた私の目は、奥のオープンキッチンに立つ高旗専務の姿を捉える。

彼はスーツのズボンとワイシャツの上に、紺色の無地のエプロンをつけて料理をしていた。

四角いフライパンと菜箸を持ち、器用な手つきで卵焼きを作っている様子。

チラリと私に視線を向け、「朝飯、もうできるから、そこに座れ」と穏やかな口調で言った。

「はい……」

これは予想外だ。まさか彼が私の朝食を作ってくれるとは少しも考えていなかったので、驚き戸惑っている。

『そこ』と言われたのはキッチン手前のカウンターテーブルで、三つ並んだ椅子の右端に腰を下ろすと、専務がすぐに目の前に朝食を並べてくれた。

炊きたてのご飯と豆腐とワカメの味噌汁に、キュウリの浅漬けと鯵《あじ》の開きの塩焼き。作りたての卵焼きは、ふた切れが大根おろしを添えて出される。

木の年輪のような断面は芸術的に美しく、私の口からは感嘆の息が漏れた。

こんなに完璧な朝食を目の前にしたのは、いつ以来か。すぐに思い出せないが、ひとり暮らしのアパートではない、ということだけは確かだ。

専務は左端の椅子に座り、私たちの間にはひとつ空席があった。

彼の前にも同じメニューが並んでいて、無言で食べ始めている。

無表情なその横顔に「いただきます」と声をかければ、「早く食え。温かいうちに」というぶっきら棒な返事をされた。

高旗専務って気難しそうな人だけど、親切なところもあるみたい。少なくとも、ひとり分のハムエッグを作る気だった私に比べれば、優しい人だと言える気もする。

たった一回の朝食で、そう判断するのは早いかもしれないけれど……。

そんなことを考えつつ、卵焼きをひと口食べたら、その美味しさに蕩《とろ》けそうになる。優しいだしと醤油の旨みが私の舌を喜ばせ、ふわふわの食感が口の中で気持ちいい。凝ったメニューではないが、どの皿も完璧に調理されていて、あっという間に平らげた私は「美味しかった」と満足して呟いた。

それから彼に向き直り、「料理がお上手なんですね。プロ顔負けの凄腕です」と正直な感想を伝える。

すると、「褒めても毎日は作ってやらないぞ。出張でいない日もあるからな」と、まだ食事中の彼が私を見ずに答えた。

その頬はうっすらと赤みを帯びていて、私は目を瞬かせる。

もしかして、褒められて照れてるの……?

意外な一面を見た気分で、私は驚いた後にニヤリとする。攻めどころを見つけたからだ。

「料理ができる男性は素敵です。鯵の開きはふっくらと焼き上がっていて、塩加減が絶妙でした。味噌汁はだしが利いた上品な味で――」と、ひと品ずつ褒めちぎる。最後に「特にだし巻き卵は、私が食べた中で過去最高に美味しかったです」と締めくくれば、彼の頬ははっきりとわかるほどに色づいていた。

これは面白い……。もしや彼は、ツンデレというやつではないだろうか？

褒められるとクールな態度が綻ぶのだと理解した私は、ニヤニヤしながら「顔、赤いですよ？」と指摘する。

すると、私に顔を見られまいとして背を向けた彼に、「うるさい、早く食え」と怒り口調で言われた。

「もう食べ終わってます。お代わりしたいくらいに、とっても美味しかったです！」

と調子に乗ってさらにからかえば、専務はフンと鼻を鳴らした。

「ごく普通の朝飯をそこまで褒めるということは、さてはお前、料理ができない女だな？　花嫁修行中が聞いて呆れる。玩具に夢中なようだし、ひとり暮らしはまだ早いんじゃないのか？　実家に戻って、親の脛《すね》をかじっていたらどうだ」

背を向けたままで言ったということは、おそらく彼に余裕はないと思われる。

劣勢を悟り、焦って反撃に及んだというところであろうが、その言葉は私を怒らせるには充分であった。

ひとり暮らしは大学からで、もう八年ほどになる。大学は奨学金を借りて通い、その返済がまだ済んでいないため、一流企業のＯＬをしていても裕福ではないが、私は自力で堅実に生きているつもりだ。

しっかりしろと言いたいのは、落ちぶれても現実を見ようとしない親の方で、かじる脛もない。

専務より五歳年下の私だが、子供扱いするなと言いたくなった。

たまチョコフィギュアは玩具の範囲を超えて、大人も楽しめる美術品だし、料理だって人並みにはできるつもりだ。

憤慨した私は椅子を鳴らして立ち上がり、「私は大人です。料理だってできます！」と語気荒く主張した。

すると振り向いた彼が、獲物が罠にかかったとばかりに、口の端をつり上げる。

その頬の赤みは完全に引いていた。

「へぇ。それじゃあ作ってもらおうか。だし巻き卵の材料だけなら、まだある。やってみせろ」

「え……今ですか？」

私が急に勢いをなくしたのは、彼の絶品卵焼きを食べた後では、自分の料理に自信が持てないせいである。

どうしよう。普通のものしか作れないよ……。

形勢逆転とばかりに意地悪く笑う彼は、立ち上がると紺色のエプロンを脱いで、私に着せた。背後に回って、紐まで結んでくれている。

ブカブカなエプロンを強制的に着せられた私は、まるで母親のお手伝いをしようとしている子供みたい。

彼もそう感じたらしく、プッと吹き出して、「火傷《やけど》したら困るからやめておくか？」と馬鹿にし、大きな手で私の頭をよしよしと撫でた。

いちいち癇《かん》に障ることを言ってくれるね……。

ムッとしてその手を払い落とし、「作ります」と私はキッチンに立つ。

だしは彼が作った残りを使い、卵を二個ボウルに割り入れ、醤油を少々。

材料は全く同じなので、きっと味も専務と似たように……とは、ならなかった。

私の隣に立ち、作っている様子を黙って観察していた彼は、できあがったものをひと切れ口にして嘲笑《あざわら》う。

「下手くそ。採点するなら五十点だな」

下手ではなくこれが普通だと反論したかったが、彼の卵焼きを百点とするなら、確かにそのくらいの点になってしまう。

私が焼いたものは固く、ふわふわ感が圧倒的に足りない。風味も不足している。

だしの量が少なかったのかな。でも多く入れると形を作れないし……。

「ぐちゃぐちゃになるよりは、このくらいの方が……」

私も食べながら、ブツブツと言い訳めいた独り言を呟いていたら、「教えてやるから覚えろ」と言われた。

それは馬鹿にした口振りではなく、不出来な妹の世話を任された兄のように、やれやれといった口調だ。

横柄な彼だから、嘲《あざけ》る目的で作らせたと思っていたところだったので、私は目を瞬かせてその横顔を見つめる。

意外と面倒見がいいのかもしれない。

自ら教えてやると言ってくれるタイプの人が上司なら、部下は仕事がしやすいものだ。

上司として彼はアリだと判断したけれど、あまりに上の役職すぎて、私との業務上の接点はこれっぽっちもない。

彼は卵を片手で器用に割り入れていた。

顔を前に向けたまま、横目でジロリと私を睨んで舌打ちする。

「今は見惚れるな。教えてやってるんだから、俺の手元を見ろ」

「み、見惚れてないですよ！」

確かに彼は凛々しくも麗しく、端整な顔立ちをしているけれど、目を奪われて放心していたわけではない。

慌てて彼の横顔から視線を外し、卵三個が入ったボウルを見れば、だしと醤油の他にみりんも入れていた。

「だしの量は卵三個に対し九十ミリリットル。泡立てずに白身を切るように混ぜて……」

専務が真面目に教えてくれたので、私も真剣に聞いている。

卵液ができたら、それを熱したフライパンに四度に分けて流し入れ、彼の大きな手がクルクルと器用に巻いていく。

あっという間に焼き上がった完成品は、とても美しく美味しそう。

彼が作れば簡単そうに見えて、私にもできると思ったが、「もう一度やってみろ」と場所を交替したら、またしても微妙な卵焼きになってしまった。

やはりだしの分量が多いとうまく巻けずに形が崩れてしまうし、口当たりはふわふわというより、ビチャッとしている。

どうして……。

「お前、せっかちなタイプだろ。卵液が固まらないうちに巻こうとするから崩れるんだ。火加減が弱い。もう少し強めにしても大丈夫だ。焦げることを恐れるのは、慎重さの表れか？　せっかちで慎重とは、変わった奴だな」

教えながら私の性格を分析し始めた彼は、一体、何個の卵焼きを作らせるつもりなのか。新しい卵のパックを冷蔵庫から出してきて、「ほら、もう一度」と、それを私に手渡す。

まだやるの？と呆れつつも、彼のように作りたいという向上心はあるので、素直に「はい」と受け取って、再度卵液を作り始めた。

それを腕組みしながら横で見守る彼は、私の手つきと人間性に、駄目出しを続ける。

「卵の殻が入っても指摘するまで気づかない鈍感さと、醤油を入れすぎても『私はこのくらいしょっぱい方が好きなんです』と言い張る強情さ。それと――」

がさつで不器用で、意地っ張りで可愛げがないと、偉そうな口調で散々けなしてくれる。

それに耐えて作り直しを重ねること五度目で、ついに私は彼と同じくらいに美しい、だし巻き卵を焼き上げた。

「できた！　この完成度、どうですか。完璧です！」

味も確かめた後にそう言って、満面の笑みを向けたのに、彼は褒めてくれない。それどころか、「なぜ得意げな顔をする? 五回作って進歩がないならアホだろ」と鼻で笑ったのだ。

この男は、なんて腹立たしい言い方をするのか……。

前言撤回。上司としても、彼はナシだ。

思わず頬を膨らませたら、「だが」と彼が急に声を優しくした。

「根性はありそうだ。すぐに諦める奴より、成功を信じてチャレンジを続ける奴の方が好ましい」

その評価は、上司としてのものなのか。

今さら取り繕うように褒められたって……と機嫌を直さないでいたら、彼はフッと表情を和らげ、なぜか好意的な視線を私に向けてきた。

「そう不満顔をするな。さっきのように笑え。お前は笑うと可愛いぞ。なんでもそつなくこなす、綺麗にまとまっただけのお嬢様より、俺はお前みたいな面白みのある女の方が好きだ」

頬に溜めた不満の空気は、風船がしぼむように抜けていき、半開きの口でまじまじと彼を見つめてしまう。

変な言い方だったけど、女として褒められた。

笑うと可愛くて、私の面白みが『好きだ』って……。

欠点を並べられた後の褒め言葉だからか、妙に嬉しくなって、鼓動が速度を上げていく。

顔が熱くなり、照れくさく感じる私であったが、おそらく私よりも彼の方が赤面しているのではあるまいか。

言い終えてハッとしたように片手で口元を覆い、「俺は朝からなに言ってんだ……」と自分にツッコミを入れて照れている。

その仕草を可愛いと感じて胸がキュンと音を立てたら、私の手が勝手に動いて彼の手を握り、「もっと褒めてください！」と口走っていた。

「は？」と途端に眉間に皺を寄せた彼は、「調子に乗るな。褒めてほしいなら、成果を見せろ」と私の手を振り払う。

「じゃあ、作り笑顔をどうぞ。どうです？　私の笑顔が好みなのでしょう？　どうぞ、褒めてから思いっきり照れてください。専務のツンデレにはまりそうです！」

専務と打ち解けようという気持ちはさらさらないが、はまりそうなどと口走ったのは、興奮を抑えきれないから。たとえるなら、たまチョコを開封して、まだ持っていない新しいフィギュアに出会えた時のような興奮だ。

恋愛感情は湧かなくても、私はツンデレに萌《も》えるタチらしい。

彼は、突然鼻息を荒くした私にたじろいでいた。しかし、ツンデレという言葉に目を見開いた後は、「おかしなことを言うな。俺はそんな男じゃない」と否定して瞬時に頬の赤みを消し、せっかくのデレモードを終わらせてしまった。

それを残念に思い、テンションを下げた私の隣では、彼がティッシュの箱ほどの大きさの密閉保存容器を出してきて、卵焼きを詰め始める。

私の失敗作も全てを入れて、その横にキュウリの浅漬けとご飯を少し。ご飯の上にはごま塩を振り、梅干しをひとつのせていた。

「専務のお弁当ですか？」

朝からすでに卵二、三個分のだし巻き卵を口にしているというのに、昼まで食べるのは、私だったら苦痛だ。せめて一食空けて、夕食にしようと思う。

それでも食べきれるかわからないほど多量の、失敗作ではあるけれど。

私の問いかけに、彼は透明な容器の蓋《ふた》を閉めながら、「なにを言ってる」と顔をしかめた。

「これはお前の弁当だ。作った責任を取って食え。まずくても、食べ物を粗末にするなよ」

「えっ⁉」と声をあげた私は、焦り出す。

大きな容器の四分の三が黄色に染まった弁当なんて、ひとりでは無理だ。

食べる前から音《ね》をあげて、ただちに反論する。

「こんなに食べきれませんし、何度も作り直しさせたのは誰ですか。せめてお弁当箱ふたつに分けて、専務も手伝ってくれても――」

作りすぎは私のせいだけではないはずで、負担を半分ずつにすべきだというのが私の主張だ。

けれどもそれを遮るように弁当を押し付けられ、冷淡に言われる。

「俺はランチ付きで取締役会があるから無理だ」

それから立てた親指で彼の背後の壁を指し、「時計を見ろ」と真顔で指示される。

「文句を言うより支度したらどうだ。遅刻するぞ」

文字盤が黒いお洒落な壁掛け時計は、八時二十分を示していた。

専務の家から会社までは電車の駅ふたつ分だけど、下車してから十分ほど歩かねばならないはずだ。ここからの通勤は初めてで、大体の所要時間しかわからず、早めに出ようと思っていたのに、もうこんな時間になってしまった。

「大変、メイクもしてないのに！」と独り言を叫んだ私は、自分の部屋に戻って大急ぎで出勤準備をする。

弁当を入れたノーブランドのショルダーバッグを肩に提げ、リビングに戻ったのは、五分後の八時二十五分。

当然彼も急いで支度していると思ったら、カウチソファにゆったりと腰掛けて、タブレットを片手にコーヒーを飲んでいるから驚いた。

ソファの後ろから近づいて、彼の手元を覗き込むと、タブレットで経済ニュースを読んでいるようだ。

「専務の出社時間は、私より遅いんですか？」と素朴な疑問を投げかければ、彼は振り向かずに淡々と答える。

「九時始業は俺も同じだ。だが、俺は車だから、十五分前に出ればちょうどいい」

思わず眉を寄せたのは、自家用車での通勤をずるいと思ったからではない。それなら、遅刻すると慌てている私に、『乗せてやる』と言ってくれてもいいでしょうと思ったためだ。

それで「乗せてください！」と自ら願い出たというのに、「甘えるな」と厳しい返事をされた。

清潔感のあるビジネスヘアに整えられた、形のよい後頭部。そこに向け、「どうしてですか！　目的地は一緒なのに、それくらいいいじゃないですか！」と食い下がれば、やっとタブレットから視線を外した彼が、背もたれにワイシャツの片腕をのせて振り向いた。

その口元は私の焦りを楽しむかのようにニヤリと笑っていて、「絶対に乗せない」と、なおも突き放す。

「俺は恋人ではない女を、車に乗せない主義なんだ」

そんなポリシー、今すぐ捨てろと言いたい私だが、「それを抜きにしても」と補足する彼の言葉を聞かされる。

「お前を乗せて出社するのはまずい。誰かに見られる可能性があるだろ。同居を社の奴らに知られるなよ。お前とは二カ月の関係で終わるのに、変な噂が立てば面倒だからな」

言い終えると彼は前を向いて、ニュースのチェックに戻る。

『面倒に思うなら、最初から同居命令を下すな！』と心の中で叫びつつ、私は身を翻《ひるがえ》して玄関へと走った。

乗せてくれないのはわかったから、これ以上時間をロスするわけにいかない。

リビングで優雅に朝のコーヒーを楽しむ彼には届かないと思いつつも、「意地悪！」とひと言非難してから、玄関のドアを手荒に開けてマンションの廊下に出る。

デレモードの時の彼は可愛くてはまりそうだけど、ツンモードの時はなんて憎らしい男なのか。俺様で、常に命令口調なのも腹立たしい。

私と噂になるのは嫌だから、同居を誰にも知られるな、だって……？

こっちとしても、意地悪男となんか噂になりたくない。

昨日、茜には、同居に至るまでの事情を、愚痴として話してしまったけれど……。

まずかったかと気にしたが、茜にだけなら、まぁいいかと思うことにする。

卵ひとパックほどを使った、だし巻き卵弁当。これを食べるのを、茜に手伝ってもらわないといけないしね……。

朝から不満と言い訳で頭を疲弊させながら、私はタワーマンションの外の、眩しい夏空の下へと飛び出した。


同居生活が始まって九日が経ち、八月ももうすぐ終わろうとしていた。

営業部は月末の水曜日に全体会議がある。簡単に言うと、各班の営業成果を報告して評価を受け、来月の目標設定を行う会議である。

それが今日の十四時から予定されていて、昼休みまであと三十分というこの時間、私は会議用の資料作りに追われていた。

当日の作業となってしまった理由は、私の怠慢《たいまん》ではない。

資料は昨日までにきっちり仕上げていたのだけれど、私の所属する三班のひとりが先ほど、大口契約を獲得して帰社したため、変更が生じたのだ。その分の追加資料を急いで作るようにと、先輩社員から指示されていた。

私の机には透明なプラスチックケースに入れられた数量限定販売の貴重なたまチョコフィギュアを十二個飾っているが、今はそれに鼻の下を伸ばすことなく集中してノートパソコンに向かっている。

キーボード上に素早く指を動かしていると、誰かが私の机に紙コップのカフェオレを置いた。それは、廊下にある自販機で売られているものだ。

その手をたどって飲み物を差し入れてくれた人の顔を見ると、三班の営業マンで、私の二年上の先輩社員、成田《なりた》さんだった。

「織部さん、こんな土壇場にごめんね。会議までに終わりそう?」

中腰でパソコン画面を覗き込む彼の眉は、ハの字に下がっている。

差し入れのカフェオレを手に、「これ、ありがとうございます。いただきます」と、ひと口飲んでから、彼の心配を払おうとした。

「成田さんのおかげでうちの班の売り上げが伸びたんですから、謝らないでください。それに、あと少しで終わります。このくらいの変更、朝飯前……いえ、昼飯前ですよ。昼休みも普通に入れそうです」

顔の横で握り拳の親指を立て、おどけてニカッと歯を見せたら、彼が吹き出した。

「織部さんは可愛いな」

営業マンらしく褒め上手で爽やかな笑い方をする彼は、私の肩にポンと手を置いた。

「仕事が早くて助かるよ。ありがとう」とストレートに感謝を伝えてくれるから、私の頬は自然と緩む。

成田さんは、優しくていい人だ。

ことさらにそう感じるのは、心の中で彰人《あきと》と比較しているからだろう。

彰人とは、高旗専務のことだ。なぜ名前で呼んでいるのかというと、同居して初めての休日に交わした会話が理由である。

その日は特別な予定もなく、私たちはリビングで思い思いに過ごしていた。

私はテレビ横のオープンラックに、その日新しく開封した、たまチョコフィギュアを飾っていて、彼はカウチソファに寝そべり、サッカー中継を視聴していた。

フィギュアコレクションを眺めてニンマリし、『専務、お昼ご飯はどうしますか?』と私が問いかけると、彼が一拍置いてから、『家の中で専務と呼ぶな。仕事中のような気分で休まらない』と言ったのだ。それで、『彰人、昼食どうする?』とわざわざ聞き直したのに、『呼び捨て、ため口かよ……』と文句を言われた。

そっちは私のことを名前でさえ呼ばず、『おい、お前』と言うくせに、不満があるようだ。亭主関白な昭和男かとツッコみたくなるような、面倒くさい男である。

その後は当然の如く口喧嘩になって、私からも彼の横柄さに不満をぶつけつつ、『彰人』と連呼してやったら、呼び捨てが定着してしまった。

最初は睨んできた彼だけど、翌日には慣れたようで、さん付けしろとは、もう言われない。

呼び捨てにすると立場や力関係が対等になった気がして、少しは暮らしやすくなったように思う。

俺様で常に偉そうな彼に対する、私のささやかな抵抗といったところだろうか……。

私の肩に手を置く成田さんの爽やかな笑顔を見ながら、なぜか彰人のしかめ面を思い出していた。

今日も朝から喧嘩したよね。目玉焼きにはソースをかけたい私に対して、それはおかしいと彰人が駄目出ししてきて、勝手に醤油をかけられた。

『好きに食べさせてよ！』

『俺が完璧に焼き上げた目玉焼きを、わざわざまずくして食うな』

という喧嘩である。

今朝の一悶着が蘇《よみがえ》り、思わず眉を寄せたら、「お、織部さん？」と成田さんを戸惑わせてしまった。

ハッとして「すみません！　ルームメイトとの朝の喧嘩を引きずっていて……」と言い訳し、作り笑顔を取り戻せば、彼がホッと息をつく。

それから「ルームシェアしてるんだ。知らなかった」と、そこに食いついてきた。

彰人との同居は他言禁止と言われているため、仲良しの茜以外には話していないし、彼女にもしっかり口止めしている。

それで余計なことを言ってしまったと緊張を走らせた私だが、「いいなー、俺も女だったら、織部さんとルームシェアしたい。毎日楽しそう」と、彼はお世辞を織り交ぜての勘違いした感想を述べた。

そうだよね。ルームメイトといったら、普通は同性だと思う。

秘密がバレる方へ、話が流れなくてよかった……。

私が胸を撫で下ろしたその時、私たちの間に割り込むようにして話しかけてくる女性社員が現れた。

「おふたりで楽しそうですね。なんのお話ですか？　私も交ぜてくださーい！」

彼女は四班に所属する営業事務員の、小南結衣《こなんゆい》。私のふたつ下の後輩で、入社二年目の二十四歳だ。

肩までのキャラメルブラウンの髪をふんわり内巻きにして、人形のようにくりっと丸い大きな目を、長めの付け睫毛で飾っている。グロスを塗りすぎた唇は、いつものようにヌルヌルテカテカと輝いていた。

ナチュラルメイクを好む私なので、彼女と顔を合わせた時はつい、その唇を気にしてしまう。

彼女が入社間もない頃、朝食に背脂豚骨ラーメンでも食べてきたのかと勘違いして、ティッシュを渡して唇を拭くように言ったら、『パワハラですか⁉』と泣きながら抗議されたことがあった。

それ以降、彼女のメイクには一切のツッコミを入れないと決めていて、今もヌルテカの唇には触れずに受け答えをした。

「小南ちゃん、普通の仕事の話だよ。頼まれた会議用資料の進行具合を報告していただけ」

「そうですよね、成田さん」と問いかければ、彼も「そうそう」と苦笑いして同意する。その笑い方には、小南ちゃんへの苦手意識が感じられた。

彼女はせっかく可愛い顔をしているのに、どうにも恋愛事がうまく進まないようである。クネクネと体を揺らし、髪を指に巻きつけ、舌足らずな話し方をする女性は、ひと昔前なら男受けしたのかもしれないが、今は敬遠する男性が多いようだ。

成田さんを含め、営業部内のイケメンに属する若い男性社員に、こんなふうに声をかけまくっているのも、その理由かもしれない。〝粉かけ小南ちゃん〟と男性社員の間で噂されているということを、先月の同期との飲み会で初めて耳にした。

モテたいみたいだけど、方法を間違えているんじゃないかな……。

仕事は真面目にやる彼女なので、決して嫌いではない。だからアドバイスしてあげたい気持ちはあるのだが、またパワハラ呼ばわりされるのは嫌だ。

学生時代を含め、彼氏は過去にふたりだけという恋愛経験の少ない私なので、自然体であるべきという、私の考え方の方が間違えているのかもしれないしね……。

甘ったるい話し方で、「私も成田さんのお力になりたいです。なんでも手伝いますので言ってください」とボディタッチをしながらシナを作る彼女と、困り顔の成田さん。

「でも小南さん班が違うし、織部さんに頼んだ方が確実で……あ、いや、もう終わりそうだって聞いたから、大丈夫。ありがとう」

ふたりの会話を聞き流し、私はキーボードに指を置いて仕事に意識を戻した。

お昼休みは普通に一時間取りたいから急いでいるというのに、話しかけないでと言いたい気分だった。


それから三十分ほどが経ち、無事に追加資料を完成させた私は、小さくガッツポーズしてから、財布とスマホを手に立ち上がる。

振り返ると、斜めに机を八つほど挟んだ席にいる茜と視線が合った。彼女の手にも財布がある。

いつも一緒にというわけにいかないが、『今日はふたりでランチに入れるね』という気持ちを視線で交わし、私は先に廊下に出た。

茜もすぐに追いついて、並んで一階の社員食堂に向かう。

「今日の日替わり定食なんだろう?」と話しかければ、「今日は卵焼き弁当じゃないんだ」と茜にからかわれた。

「あの件ではお世話になりました。茜がいなかったら、食べきれなかったよ。しかも失敗作を、ごめんね」

朝からだし巻き卵を作る練習をしたのは、八日前のことになる。

入社以来初めての遅刻と、食べるのが大変だったあのヘビーな弁当を思い出して私がため息をつけば、茜はおかしそうに笑った。

「料理上手な彼氏なんて素敵じゃない。毎朝、ご飯作ってもらってるんでしょ？」と持ち前のポジティブさで彰人を褒める。

「彼氏じゃなく、同居人ね」と訂正してから、毎朝、彼の手料理を食べていることについては頷く。

「そうなんだけど、あんなに偉そうにされると感謝の気持ちが半減するというか、喧嘩の絶えない毎日でね。今朝も目玉焼きにかけるもので……あ、この話はもうやめよ」

階段で一階まで下りたら、社員食堂に向かう人たちで廊下が混雑していた。

会社の人には内緒の同居なので、ここで彰人の話をするのは危険だ。社食内でもそれは同じ。

すると茜に「ねぇ莉子、今日は外で食べよ」と提案される。

安い社員食堂を利用することが多い私たちだけど、月に数回は外食し、それを楽しんでいる。

給料も入って間もないし、財布も潤っている。「いいね」と笑顔で賛成して、足を社屋の玄関ホールへと向けた。

「実は外食気分だったんだ。午前中はかなり働いたから、気分転換したい。クスノキ食堂にしない？」と私が言えば、茜はにっこりと頷く。

「そうしよう。あそこだと滅多にうちの社員に会わないから、ゆっくり彼の話を聞けそう」

「そういうことね……」

茜が外食を提案した理由は給料日後であることや、気分転換ではなく、それが目的のようだった。

クスノキ食堂は社屋から歩いて五分ほどの、商業ビルの中にある。古いビルの地下にある食堂街のうちの一軒で、創業は昭和の中頃という年季の入った店である。

ドア横にはオムライスやミックスフライなど、どれも色褪《いろあ》せた食品サンプルが飾られ、置き看板のプラスチック板は今日も直されることなく大きなヒビが入っていた。

一見、若い女性に敬遠されそうな店構えだけど、中に入れば女性客ばかりで、すでに満席に近い。私たちのように事務員風の制服を着た、知らない会社のＯＬもいる。

深緑色のエプロン姿の女性店員が他の客の注文を取りながら、「空いてる席へどうぞ」と私たちに向けて声を張り上げた。

壁際のふたり掛けテーブルだけが空いていて、後ろの人と椅子がぶつかりそうなほどに狭いその席につき、茜とメニュー表を開いた。

クスノキ食堂という和風な店名だけど、メニューは洋食のみ。店内に流れるのは八十年代のジャズで、内装もレンガ風の壁にイミテーションの蔦《つた》を這《は》わせた照明など、西洋の田舎町にある古いカフェのような趣である。混んでいなければ落ち着ける空間で、私は好きだ。

茜は少し迷って海老グラタンを選び、私は名物のビーフシチューを即決して注文する。

ビーフシチューはすぐにできるけど、グラタンは焼き上がるのに少々時間がかかる。ここには何度も足を運んでいて、もちろん茜もそれを承知の上での選択だ。ということは待ち時間に、私と彰人の同居生活について聞く気が満々ということだろう。

案の定、注文を取り終えた店員が離れたら、「面白い話を期待してるよ！」とワクワクした目を向けられた。

「面白くは、ないんだけど」と前置きし、まずは不満から話し出す。

二カ月の同居をＯＫした理由は、クビにされては困ると思ったことと、彰人の口利きで、部署異動できるかもしれないという期待にあった。

営業事務の仕事が嫌なわけではないけれど、できれば製品開発部に入りたい。そうすればもっと深く、たまごんチョコレートに関わることができるから。

彼のことを名前で呼べる関係になったし、そろそろ、そういう話をしても許されるだろうかと企んだ私は、一昨日の夜、帰宅した彼にストレートに部署異動を願い出た。

『あのね、私、たまチョコの製作に関わりたいとずっと前から思っていて、製品開発部に――』

皆まで言わないうちに、『異動したいなら、異動願いを出せばいい。俺の力を借りようとするな』と突き放された。

毎年提出しても異動させてもらえずにいるから頼んでいるというのに、冷たいことを言う。

同居生活は始まって間もないが、異動への期待が砕かれたら、残るのは面倒くさいという思いだけだ。

私の強いたまチョコ愛は、営業部内では知られた話である。入社時から製品開発部に行きたいと言い続けているので、それを聞いた茜は「残念だったね」と一応同情してくれる。しかしすぐに口元に笑みを取り戻し、「でも私は莉子と一緒の部署がいいから嬉しいな。こうして一緒にランチに入れるし。ね？」と、結論をいい方向へと変えてしまった。

そう言われると、私も茜と一緒にいられるのは嬉しいけど……。

彼女にかかれば、同居生活の不満を簡単かつ気楽に解消させられそうになり、急いで苦労話を追加する。

彼との生活でエネルギーを要するのは、なんといっても口喧嘩である。今朝は目玉焼きにかけるもので喧嘩して、昨夜はテレビのチャンネル権を巡って口論した。

休日には強制的に料理教室を開催され、だしの取り方に始まり、肉じゃがや鯖《さば》の味噌煮など、和食の定番メニューを教え込まれた。正しい調理法を習得できるのはありがたいと思うけど、命令口調で横柄な態度はどうにかならないものか。

俺様がわざわざ教えてやっている、という雰囲気を出されると、『下手下手、言うな。彰人の求めるレベルが高すぎるだけでしょ！』と反抗したくなるというものだ。

喧嘩の勝敗は、今のところ五分だろうか。

チャンネル争いに負けたし、目玉焼きに醤油をかけられてしまったけど、この前、洗濯物の畳み方がおかしいと口出ししてきた彼に『姑か！』とツッコんでやったら、結構なダメージを受けたようで、しばらくいじけていた。

私がたまチョコフィギュアに夢中で、話しかけられても気づかなかったら、『無視すんなよ……』とふてくされていた時もあった。

その話を聞いた茜は、「楽しそうな喧嘩！」と私の同居生活の苦労を、またしても肯定的に捉える。それから、「専務って、私は見かけたことがある程度でよく知らないけど、役職とかお金持ちなところを気取らない、素敵な人だね」と明るく笑って感想を述べた。

確かに彰人は家の中で専務と呼ぶなと言ったり、家賃や光熱費などを無料にしてくれても、それに関して恩着せがましい言動はしない人だ。

タワーマンション住まいや高級車に乗っていることを、自慢げに話すこともない。見せびらかすどころか、遅刻しそうな私を恋人じゃないから車に乗せないと、意地悪なことを言う奴でもある。

それを〝素敵な人〟と言った茜に引きずられるように、私も『いい人なのかな……』と思い始めていた。

けれども、隣のテーブルの女性客が「でね、ほんと俺様で困る」と、どうやら彼氏についての愚痴を友人に話していて、それを耳にした私はハッとした。

上司風を吹かせたり、自慢したりはしない男だけど、彰人も俺様だ。偉そうで命令的なところはなんとかならないかと思うし、〝素敵な人〟ではないはずである。

茜節に騙されるところだったと息をつき、水を飲みつつ、私らしい考え方を取り戻そうとする。

ところが、そうはさせまいとするかのように、「ふたり暮らしでよかったと思うことは？」と茜が笑顔で攻めてきた。

「同居の利点？」と考えさせられた私は、「そんなの特にない……」と言いかけて、「あ、あった」と訂正した。

些細《ささい》なことだけど、便利だと思ったことはある。

身長百五十八センチの私が食器棚の最上段にしまわれている皿を取り出すには、踏み台が必要となる。自宅アパートでは同じ理由で、流し台の上の棚が使いにくいと感じていた。

それが、踏み台を持ってこずとも、『彰人』と名前を呼びさえすれば取ってくれるのだ。舌打ちがついてくるけれど……。

他にもある。

同居四日目の夜に、テレビCMで流れた新発売の炭酸飲料がどうしても飲みたくなり、二十三時を過ぎてからコンビニに行こうとしたら、『女が夜中にひとりでうろつくな。危ないだろ』と心配されて止められた。

コンビニは割と近くにあり、田舎じゃないのでこの辺は夜道も明るい。

大丈夫だと思い、絶対に行くと言い張って口論した結果、ジュース一本のために、ボディガードとして彼がついてきてくれたのだ。

トイレットペーパー切れに気づいた夜は、まだ帰宅していない彼にメールで伝えたら買ってきてくれたし、『ついでの土産だ』と苺のショートケーキまでついていた。

それを話すと、「ほら、やっぱり楽しそう！」と茜が笑ったところで、注文した料理が運ばれてきた。

茜の前には熱々の海老グラタン、私の前には大きなカットの牛肉がゴロゴロ入った、濃厚デミグラスソースのビーフシチュー。それぞれにサラダとバターロールがついているのも、嬉しいところだ。

「いただきます！」と気持ちを完全に料理に向け、私はビーフシチューを頬張る。

けれども、ほんの二、三口食べたところでスプーンを止め、はたと考え込んだ。

あれ、ここのビーフシチューは大好きなはずなのに、今日はいつものように感動できない。

美味しいけれど、普通に感じてしまうのは、なぜ……？

その原因にすぐに思い当たった。

三日前の日曜の夕食に食べたビーフシチューが、絶品だったからだ。

もちろん作ったのは彰人で、昼前から煮込んでいた。

彼のこだわりの詰まったビーフシチューは、それはそれは美味しくて、お代わりしたら、『手伝いもしなかったくせに図々しい女だ』と呆れられた。

でも、その言い方は決して不愉快そうではなく、むしろ嬉しそうに見えた。

これは！と思い、すかさずビーフシチューを褒めまくったら、彼は頬を染めて『そんなにうまいと言うなら、また作ってやる』と照れたのだ。

褒めると途端にデレモードに入る彼。

普段、横柄な分、デレる彼が可愛く思えて、私の胸はキュンと音を立てる。

喧嘩ばかりの私たちだけど、口論の後には言いすぎたと思うのか、彼がフォローに入る時もある。

今朝の目玉焼きでの喧嘩は、食い意地が張ってるとか、いちいち生意気だとか、私の欠点をズバズバついてきた後に、『色々言ったけど、お前の裏表のない性格は嫌いじゃないぞ。俺に対して媚《こ》びない女は初めてだ』と急に褒めてきた。

それに加えて、『爪の形も綺麗だ』と変なフォローの仕方をするから、私は戸惑った。

顔やスタイルではなく、爪に感心するとは。

おかしな褒め方をされても嬉しくないけど、彼としてはエネルギーを使って長所をあげてくれたようで、耳まで赤くし、目を逸らしていたっけ。

彼のデレモードは、私のツボにはまる。

そういうところだけは可愛くて、ふたり暮らしは楽しいかもと思うんだよね……。

ムスッとしつつも赤面する彰人を回想して、スプーンを止めていたら、「莉子、どうしたの?」と茜に問いかけられた。

「あ、なんでもない。そういえばビーフシチュー、三日前に食べたばかりだったって、考えてただけ」

彼のデレモードを思い出して胸キュンしていたとは言えずにごまかしたのに、「そのビーフシチューは誰が作ったの?」と茜がニヤニヤして聞いてきた。

「彰人……」

なぜか嬉しそうな彼女は、「仲いいね」とバターロールをちぎりながら言う。

「違うって。ほんとに喧嘩ばかりの毎日で、気力を使うから疲れるんだよ」

スプーンを口に運びつつ、即座に否定したのに、茜はどうしても私たちを仲良しにしたいようだ。

「喧嘩するほど仲がいいって言うじゃない。ぶつかり合うのはお互いに興味を持っているる証拠だよ。ふたりの生活スタイルが確立するまでに必要なプロセスなんじゃないかな。相性バッチリだね」

スプーンにのせた牛肉を茜に向け、「食べる？」と問うと、彼女が大きな口を開けた。

食べさせてあげながら、私は『そうなのかな……』と考えている。

茜の言うことは一理ある。

お互いにどうでもいいと思っていれば、わざわざエネルギーを使って喧嘩しないよね。私と彰人は、喧嘩するほど仲がよくて、相性がいいのだろうか……。

お返しにと、茜はグラタンをひと口、私にくれて、そのクリーミーさと海老のプリプリ感をしばし楽しむ。

口の中にビーフシチューとは異なる味が広がれば、頭の中にも違う考え方が枝葉を伸ばした。

相性がよければ、ぶつかることなく、最初からうまく暮らしていけるのでは……？

それは私らしい考え方で、茜のポジティブシンキングにまたしても引きずられそうになっていたことに気づく。

危ない、危ない。うっかり現実を見誤り、今晩、帰ってきた彰人に、『私たちって相性いいよね』と言ってしまうところだったよ……。

その後は彰人の話はせずに、食べるペースを上げる。

気づけば腕時計の針は十二時四十八分を指していて、お昼休みはもうすぐ終わりそうな時刻であった。


午後も忙しく時間が過ぎる。

十四時から始まった営業部の全体会議は十五時半頃に終わり、私はひとり、二階にある大会議室の後片付けをしている。

会議で使用したプロジェクターやホワイトボードを所定の場所に戻し、机や椅子を整頓する仕事は私たち事務員が交代で行っていて、今月の当番が私であった。

その仕事を十分ほどで終わらせ、資料を挟んだファイルと筆記用具を手に大会議室を出たら、廊下で彰人と鉢合わせして驚いた。

高身長でほどよく筋肉質の彼は、今日も高級スーツを凛々しく着こなし、とても素敵だ。外見だけは。

この二階は会議室が集中しており、大小さまざまに十二室ある。

隣に他部署の部長を従え、会話しつつこの階の廊下を歩いているところを見ると、営業部と同じ時間帯に彼も別の会議に出席していたのかもしれない。それを終えてエレベーターへ向かっているような様子で、片手に資料と思しき用紙の束を抱えていた。

私たちの距離は、まだ三メートルほど開いている。

私の姿を見つけて、彰人もその表情に微かな驚きを滲ませる。

彼とは業務上の直接的な接点はなく、広い社屋の廊下ですれ違うことは、非常に稀《まれ》であるからだ。

大会議室のドアを出た一歩目で足を止めた私は、軽く頭を下げる。

その前を彼が悠々と通り過ぎ、私たちが言葉を交わすことはない。それはもちろん、ただの専務と末端社員以上の関係があると、周囲に気づかれないためである。

頭を上げ、私から離れていく彼の背中を見た。

すると頭に、クスノキ食堂で茜に言われた〝相性〟という言葉が浮かんでくる。

喧嘩するほど相性がいい。

そんなおかしな考え方を彰人にぶつけたら、彼はなんと答えるだろう。

『アホか』と呆れるか、『お前の脳みそは腐ってんな』と侮辱されるか、もしくは、しめしめとニヤリとするかもしれない。

同居に至った原因は、彼のプライドの高さにある。見合いを断られた形になるのは許せないので、同居生活で私を惚れさせ、その上で振ってやるというのだ。

その狙いを考えれば、『相性がいい』という私からの好意的な言葉に、喜ぶ可能性もある気がした。

そう思って大きなスーツの背中を見送っていたら、私たちの距離が四メートルほど開いたところで、資料を持つ彼の左手から用紙が一枚抜け落ちた。

彼がそれに気づく様子はなく、思わず私は反射的に「彰人、資料が落ちたよ！」と声をかけてしまう。

言ってしまってからハッとして口に手を当てたが、もう遅い。足を止めて勢いよく振り向いた彼の眉間には深い皺が刻まれ、文句を言いたげに睨まれた。

落ちた用紙は彼の隣を歩いていた部長が拾い、自分より二十歳以上若そうな彰人の顔色を窺うようにして、手渡している。「専務、どうぞ」と言った後に、チラリと私に懐疑的な視線を向けるから、これはまずいと焦りが加速した。

どうしようとうろたえ、ごまかすべきかと考えたが、なにをどう言い訳しても余計に疑われそうな気もして、口を開かないという選択をする。

ふたりに向けて一礼した私は、背を向けて逃げるように立ち去る。

後ろには「所用を思い出したので、私はここで」と部長に話しかける彰人の声が聞こえていた。

早足で廊下を進めば、ふたりの会話はすぐに届かなくなり、いくらか緊張を緩めた途端に、怒っているような低い声が真後ろにした。

「今から専務室に来い」

ビクリと肩を震わせた私を追い越し、彰人は前方へと去っていく。

帰宅したら叱られることは覚悟していたが、今すぐの呼び出しは予想外である。

これは明らかに私の落ち度だし、大人しく従っておこうかな……。

階段で四階の営業部に一度戻り、ファイルと筆記用具を置いてから、エレベーターで十七階まで上った。

重役フロアの廊下は無人で静かだが、前回と違って『専務から呼び出されて来ました』とは言えないため、誰にも見つからないことを願ってコソコソしながら進む。

専務室の前にたどり着き、ドアをノックすると、電子錠が解錠された音がする。

ドアノブに手をかけたところで、他の部屋のドアが開けられた音が小さく聞こえた。

振り向けばそれはどうやら秘書課のようで、見つかったら困ると焦った私は、急いで専務室のドアを開けて中に体を滑り込ませた。

後ろ手にドアを閉めれば、今度は別の緊張に襲われる。

彰人は奥にある執務机に向かって座り、私を睨むように見ている。

「呼ばれた理由はわかってるな？　社内で親しげにするな」と早速、注意してきた。

「さっきはなんとかごまかせたが、ヒヤリとした。まったく、お前は……」

渋い顔をする彼は、深いため息をつく。

私はドア前から動かずに、「ごめん、気をつける」と目を逸らして謝った。

迷惑をかけて申し訳ないという気持ち半分と、反省しているから早めに解放してほしいという気持ち半分で。

しかし彼は眉間の皺を解いてくれず、椅子から立ち上がると、話しながら近づいてくる。

「気をつけるというのは、改善策になっていない。具体的にどう気をつけるのかを述べろ」

その言い方はまるで、新入社員の反省に駄目出しをする上司のようだ。

仕事上のミスならば具体性のある改善策を求められるのはわかるけど、こんなことで追い詰めなくてもいいでしょう、と私はムッとする。

彰人は私の目の前で足を止めた。腕組みをして、頭ひとつ分ほど上からジロリと見下ろす。

威圧されても怖くはない。

そう思うのは、彼と暮らしているせいだろう。

俺様風を吹かせる横柄な人だけど、料理を作ってくれたり、夜中のコンビニに付き合ってくれたりと、優しいところもある。怒っていても口で叱責するだけで、決して手を上げたりしない性格であることはわかっていた。

だから私は怯むことなく「もとはといえば、そっちが悪いんじゃない」と反論に転じる。

「家では名前で呼べと言うから、とっさの時にああいう間違いが起こるんだよ。私だけが悪いんじゃない。改善策が欲しいなら、彰人も一緒に考えて」

強気な視線をぶつければ、「可愛くない女だ」と舌打ちした彼だが、目線を壁に向けて黙り込んだところを見ると、思案してくれている様子。

それから数秒して考えがまとまったようで、私に視線を戻した。

「社内で俺を見かけたら、腕時計を握る癖をつけろ」

「え、なんで腕時計？」

意味がわからず左手首につけている安物の腕時計と、真顔の彰人を見比べてしまう。すると彼は「こうするんだ」と、私の右手を取って腕時計を握らせ、その理由を口にした。

「お前、家では腕時計をつけないだろ。仕事でしか使わない腕時計を握ることで、ここが社内であるという認識を意識化させることができる。それと——」

加えて、彼の名を口にしてしまう前にワンアクションを挟むことによって、自分に注意を与える時間が生まれるという説明であった。

もっともらしいその理論を、「ふーん」と聞いていた私だが、ほんのわずかに首を傾げたのは、無理ではないかと思ったためだ。

癖がつくまでには、時間がかかる。こうして呼び出されでもしない限り、滅多に社内で顔を合わせる機会はないというのに、どうやってその癖をつけろというのか。

やはりばったり出会った時には、〝気をつける〟という大雑把な意識を持つくらいしか、できないように思う。

しかし、それを口に出せば話が長くなりそうなので、「わかった。彰人の言うようにしてみるよ」と頷いておいた。

彼の眉間の皺はもう解けているけれど、今度は呆れたような目でため息をつかれる。

「言ったそばから、これだ。社内では専務と呼んで敬語で話せ」

「あ、そうだった。でも今はふたりきりだし、いいんじゃない？」

「念のためと、習慣化させるためだ。いいか、くれぐれも注意してくれよ。部下との同居がバレたら、俺の沽券《こけん》に関わるからな」

真面目な顔と声で言われたことに、私は目を瞬かせる。そして思わず彼の股間を見てしまうと、顎を手荒に掴まれ、顔の向きを上に戻された。

「どこを見てる。股間じゃなく、沽券だ。専務としての信用に関わるという意味だ」

あ、沽券ね……。

変な間違い方をしてしまい、私の頬は熱くなる。

けれども言葉を知らないのかという目で見られるのは心外で、恥ずかしがるのではなく、言い訳を探して口にした。

「滅多に使わない言葉だから、聞き間違えただけだよ」

すると偉そうな態度で腕組みした彼に、鼻で笑われる。

「エロいことばかり考えてるせいじゃないのか？　これだからオタクは――」

「はあ？　エロくないし、オタクでもない。真っ当な、たまチョコフィギュア収集家だよ。専務のくせに、自社製品にケチつける気？」

「こいつは……減らず口ばかり叩きやがって」

非難の目を向ける彼は、「可愛くないな」と、今日二度目の文句を口にした。

それに対し、腰に手を当て、フンと顔を背けた私は、「彰人に可愛いと思われなくて結構」とムキになって言い返す。

「そっちこそ、もう少し丁重に、ひとりの女性として私を扱えないものかな。この調子だと、二カ月で惚れるとか無理だから。つまり、彰人の負けだね」

負けという言葉に反応し、ピクリと眉を動かした彼は一層睨んでくる。勝負事には勝たねば気が済まない性分なのが、よくわかる。

口論の勝者は私かと思ってニンマリし、彼に横顔を見せながらドアノブに手をかけた。

「じゃ、私は営業部に戻るから」と、勝利に気をよくして引き揚げようとしたのだが、ドアを引いても開かない。斜め上を見れば、彰人が片腕に体重をのせて押さえていた。

「え?」と戸惑う私は、肩を押されて背中をドアに押しつけられる。もう一方の彼の腕も、私の顔の横に突き立てられ、囲われてしまった。

「な、なにすんのよ……」と上擦る声で非難すると、彼がニヤリと口の端をつり上げる。

「女扱いしてほしいんだろ？　お前が言ったんだ。逃げるなよ」

突き立てた両腕の肘を曲げ、彼は私との距離を詰める。

端整な顔を斜めに傾け、ゆっくりと唇を近づけてくるから、私は目を見開いた。

まさか……キスしようとしてるの!?

『ひとりの女性として扱え』と言ったのは、もう少し紳士的に対応してほしいという意味であり、決して迫ってほしいわけではない。

なんて誤解をするのよ……。

いや、そうではなく、私を焦らせようとして、わざとやっている気もする。

その不遜な笑みに、形勢逆転を狙う意地悪さが表れているからだ。

いつもは切れ長の涼しげな瞳が、今は色を灯していた。大人の色気を醸す唇は薄く開いており、彼の吐息が私の唇にかかる。

ど、どうしよう……。

鼓動が際限なく速度を上げて、うるさく鳴り立てる。

このままではキスされてしまうのに、なぜか拒否の言葉が出てこない。

もしかして私は、キスされてもいいと思っているのだろうか？

なんで、どうして、御曹司は苦手なはずなのに……。

ほんのわずかな時間で自分の気持ちと向き合い、キスしてみたいという衝動が少しだけあることを認めた。

しかし、そこに恋愛感情はないと決めつける。

全ては彼が、急に男の顔をするから悪いのだ。容姿端麗の彼に迫られたら、年頃の女性なら誰だって、流されてみたくなるはず……。

そう結論付け、この攻撃力のある色気に負けてはいけないと、自分を戒《いまし》める。

指一本分まで彼の唇が近づいたところでやっと、「やめ――」と拒否を口にしたら、同時にドアがノックされる音が響いて、私は肩をびくつかせた。

続いて「西尾です」と彼の秘書の声をドア越しに聞き、ふたりで固まった。

至近距離で見つめ合う私たちは、『どうする？』と同じことを、声に出さずに相手に問いかけているような気がする。

「専務、いらっしゃらないのですか？」と呼びかけられた彰人は、「いる。ちょっと待て」と返事をしてから、しまったと言いたげな顔をした。電子錠で施錠されたドアは外側からは開けられないので、居留守を使った方がよかったと気づいても遅い。

私を囲う腕は外され、私たちの距離は半歩ほど開いている。『馬鹿じゃないの？』と口パクで彼を罵《ののし》ったら鋭く睨まれたが、喧嘩している場合ではない。

手首を掴まれ、「来い」と小声で命じられて奥へと引っ張られた。

「な、なに？」

「隠れろ」

押し込まれた場所はL字形の執務机の下だ。机には木目の背板がついており、足下が見えないため、隠れるにはもってこいの場所である。

急いで執務椅子に座った彰人の足が、膝を抱えて座る私の、すぐ目の前にある。

キスされそうになった時とは違う、嫌な緊張の中で電子錠が解錠され、続いてドアが開く音と、「失礼します」という西尾さんの声を聞いた。

「どうした？」と彰人が平静を装って尋ねたのは、きっと彼女の用向きについてだろう。

けれども彼女は、「どなたかとお話しされていたような雰囲気に思えたのですが……」と戸惑うような調子で疑問を投げかけるから、私は机の下でギクリとする。

目の前にあるスーツの長い足も、ピクリと震えたので、彼も『まずい』と思っているようだ。

その動揺を悟られぬよう、「気のせいだ」と断言した彼は、「早く用件を言え」と催促した。

「はい。次の土曜に予定されております、ＴＫＪ社の三十周年レセプションの件ですが……」

私には無関係の業務上の話を聞いていると、徐々に焦りは引いていく。

西尾さんは私が隠れていることに気づきそうもないし、完全に緊張を解いてもよさそうだ。

大きなあくびをしたら、退屈だという気持ちが生じる。

ここにたまチョコフィギュアがひとつでもあったなら、飽きずに眺めていられるけど、それどころかゴミさえも落ちていない。

机の下にはキャスター付きのサイドチェストが収納されているため、移動できるほどのスペースはないし、彼の膝から下と黒い高級革靴をただ眺めているしかやることはなかった。

西尾さんの訪室から五分ほどが経ち、丸めている体を伸ばしたくもなってきたが、ふたりの会話はまだ終わりそうになかった。

それで彰人の脛をつついてみた。

早く秘書を引き揚げさせてという思いを伝えるためであったのに、反射的に彼が膝を天板の裏側にぶつけて「いてっ」と言ったから、吹き出しそうになる。

慌てて口を押さえ、声が漏れないようにしたが、そんなに驚かなくてもいいでしょう、と心の中では笑っていた。

それとも、くすぐったかったのかな？

「専務、どうなさいました？」と西尾さんに問われ、咳払いをした彰人は「なんでもない。気にするな」とごまかしている。

焦っている彼が面白くて、私は退屈しのぎを見つけたとばかりにほくそ笑んだ。

人差し指で彼の脛に一本線を引けば、足を組むことで彼は逃げようとする。

調子に乗った私は、今度はもう一方の足のくるぶしをくすぐり、ふくらはぎを揉んでみた。

おお、いい筋肉の張りだね。仕事が忙しそうだけど、たまにジムにでも行って鍛えているのかな……。

私のいたずらに、くすぐったそうに足の位置をずらしていた彼だけど、いい加減にしろと言いたくなったのか、逃げるのをやめて攻撃に転じる。長い足で私を抱え込み、動きを封じる作戦に出たのだ。

ちょっと待って。そんなことをされたら……。

椅子側に強く引き寄せられた私は、ぶつからないように座面の縁を両手で掴み、その手の甲に鼻と口を押し当てている。

彼の両足で抱きしめられているような格好のため、目の前の二十センチほどの距離には股間があった。

しまった。これでは、沽券と股間を聞き間違えた時より、ずっと恥ずかしい……。

私がひとり顔を火照らせている間も、ふたりの会話は続いている。

「レセプションパーティーの招待客を予想して、リストを作ってみました。過去に名刺をいただいている方には、印をつけてありますのでご確認ください」

彼女から渡された青いファイルを開く、彼の手元が少しだけ見えた。

「気が利くな。仕事も早いし、西尾には助かってる。いつもありがとう。下がっていいぞ」

仕事の話がやっと終わりを迎えたのを感じ、私はホッと息をつく。

このまま彼の股の間にいたら、おかしな気分になりそうで困っていたからだ。

ところが、「え?」という西尾さんの声がして、すぐに退室してくれる雰囲気ではなかった。

「どうした?」と問う彰人に、彼女は声を震わせる。

「い、いいえ、当然のことをしたまでですのに、専務からお礼の言葉をいただけるとは思わず……」

戸惑うような話し方の中に、どこか嬉しそうな響きも感じられた。

いつもお礼を言わない人に、たまに感謝を伝えられたら、必要以上に心が弾むのは理解できる。でもこんな状況にいる私なので、共感してあげられず、秘書課に戻ってから喜んでほしいと文句を言いたくなっていた。

一方、彰人も早く彼女を退室させようとしているようで、「いつも感謝してる」と重ねてお礼を言ってから、「もう戻ってくれ」と頼むような口調で付け足した。

けれども、すっかり嬉しくなった様子の西尾さんが、「他になにかありましたら、なんでもお申し付けください！」と張り切るから、途端に彼は不機嫌になる。

「今はなにもない。下がれと言っているだろう」

「は、はい……申し訳ありません」

気落ちした声を聞けば少し可哀想に思うけど、私も彼と同意見だ。

スーツのズボンの下はどんなパンツなのかと、想像し始めた私は変態か。

そんな自分は嫌だから、お願い、早く出ていって。

西尾さんが退室したら、ようやく彰人は私を拘束する足を外した。キャスター付きの椅子に座ったまま後ろに下がり、私が出るためのスペースを作ってくれる。

机の下から這い出た私は彼の隣に立ち、窮屈な姿勢からやっと解放されたと「うーん」と伸び上がる。

すると、しかめ面の彼に「危うく笑いそうになっただろ」と、くすぐったことに対しての文句を言われた。

そっちこそ、私に股間を見せつけて。

危うく、おかしな気分になるところだったじゃない……。

その反論は恥ずかしいので口に出せず、笑って流すことにする。

「ちょっとした、いたずら心じゃない。気にしないでよ。それじゃ私は戻るから、彰人も――」

『彰人も仕事を頑張って』と言おうとして、社内では専務と呼べと注意されたばかりだったことを思い出した。それで職場用の作り笑顔を彼に向け、「専務もどうぞ業務にお戻りください」と言い直す。

彼に背を向け、執務机を回り、ドアの方へと歩き出せば、後ろから「なんか変だな……」という呟きが聞こえた。

それは独り言のようでもあったが、一応足を止めて振り返る。

彰人は腕組みをして首を傾げ、なにかを考えているような顔をしていた。そして頭の傾きを戻してから、「やっぱり、この部屋でふたりきりの時は名前で呼んでくれ。敬語もいらない」と意見を変えられた。

「え、なんで？」

「お前に丁寧な対応をされると違和感を覚える。背中がむず痒くなり、俺の部屋なのになぜか居心地が悪い。だから、ここでだけは許してやる」

「はあ……」

生返事をした理由は、『許されても、ここに来る機会はもうないよね？』と思っているせいだ。私たちの関係を知られたくないのなら、呼び出さない方がいいはずである。

そんな私の気持ちを読まない彼は、デスクトップのパソコンに向かってマウスを操り、仕事に戻りながら、ごく普通の口調で家庭的な連絡事項を口にした。

「今日はそんなにやることがないから、二十時前には帰れると思う。お前が待っていられるなら、ラーメン食いに行かないか？　今日はそんな気分なんだ」

ラーメン……その庶民的な響きは、若くして専務の椅子に座る御曹司の彼に似合わない。

でもそれは私の大好物であるため、「うん、待ってる！」とふたつ返事で頷いた。

夕食の約束をして、今度こそ専務室から出ようとドアを開ける。廊下が無人であることを確認して足を踏み出そうとしたが、その前に「莉子」と呼び止められた。

肩越しに顔だけ振り向けば、ブラインド越しに届く日差しが眩しいのか、彼は目を細めて私を見ている。

「豚骨スープの店と、鶏ガラと魚介系のブレンドスープの店、どっちがいい?」

「え、えーと、どっちでもいい。彰人が好きな方で——」

「お前の好みに合わせたい。俺が帰るまでに決めておけ」

「うん」と返事をして廊下に出ると、ドアを閉めた。

専務室と書かれたプレートを見つめ、すぐに立ち去ることができずにいる私の頬は、心なしか熱い。

彰人に莉子と呼ばれたのは、初めて。

ちょっと嬉しいかも……。

約束して、ふたりで出かけるのも初めてだ。それが近所のラーメン屋であっても、なぜか心が浮き立ち、鼓動が二割り増しで高鳴っている。

どうして、こんな気分に……?

彼との距離が縮まった気がして、それを喜ぶ自分を感じていた。

けれども「変なの……」と呟いただけで、心境の変化については深く掘り下げないように努める。

万が一でも、これが恋の始まりだなどと勘違いしないようにするためだ。

彼に惚れたら、私が負けてしまう。

彰人に影響され、この同居を、彼との勝負事のように捉えていた。

なるべく彼を異性として意識しないように……。

そう自分に注意を与えた後は、誰かと廊下で鉢合わせしないうちにと、エレベーターへと急ぐ。

心が弾むのは、夕食にラーメンを食べるのが楽しみであるからだと結論付けることにした。

## 意地っ張りの負けず嫌いは、お互い様です

彰人に初めて名前で呼ばれたのは、三日前のこと。

今日は土曜で、十四時過ぎのこの時間、私はひとりで自室にこもり、至福のひと時を過ごしている。ベッドにうつ伏せに寝そべり、新しいたまチョコを開封しているのだ。

紙箱から出したたまチョコは、アルミの包装紙に包まれているので、まずはそれを剥がす。続いて現れた卵形のチョコレートを食べてから、その中に入っているプラスチックカプセルを開ける。

なにが出てくるのかわからないのが、たまチョコの楽しいところ。

この瞬間がワクワクして、たまらない。

今日はすでに最新作の深海魚シリーズを九個開けていて、十個目のカプセルの中から出てきたフィギュアを見て、私はベッドの上に跳ね起きた。

「出た！　シークレットだ！」

シリーズごとに十二種類のフィギュアがあって、それらは紙箱に記載されているが、

そこに載せられていない十三個めがあり、それはシークレットと呼ばれている。

出現率は低く、何十個開けても出ない時もあるのに、合計十八個めで現れてくれるとは、なんて運がいい。

同封されている小さな紙の説明書には、【ピンクシーファンタジア・ナマコの一種】と書かれている。

そのフィギュアはナマコというより、見た目はクラゲに近く、薄ピンクの透明な体の中に消化器官が透けている。おとぎの国の生物のような名前をつけられていても、なかなかのグロテスクな見た目だ。

それでも親指大のフィギュアにすれば、なんでも可愛く見えてしまうのが不思議なところである。

手のひらにのせた深海のナマコをうっとりと見つめ、「素敵」とため息交じりに呟いたら、シークレットに出会えたこの感動を今すぐ誰かに伝えたくなる。

それで部屋を出てリビングに駆け込むも、そこに彰人の姿はなかった。

あれ？　昼食後はカウチソファに寝そべって、テレビでサッカー中継を見ていたはずなのに、どこへ行ったのだろう？

廊下へ引き返し、「彰人！」と大きな声で呼びかければ、「なに？」という返事が彼の寝室から聞こえた。

居場所がわかったので、そのドアを勢いよく開ければ、彼はスーツのズボンだけを穿いて、上半身は裸だった。

均整の取れたその筋肉美は、シークレットが出た時並みに刺激的で、私は目を丸くする。

脱いだ部屋着はクイーンサイズのベッドの上に置いてあり、彼の片手はハンガーにかけられたワイシャツに伸びていて、どうやら着替え中であった様子。

飛び込んできた私に眉を寄せ、「大胆な覗きだな」と彰人は文句を言う。

「ご、ごめん。着替えてると思わなかったから……」と言い訳し、ドア口に立ったまま慌てて背を向ければ、ドキドキとうるさく鳴り立てる自分の心音に気がついた。

「嘘つけ」とからかうような声の調子で責める彼は、「本当は俺の裸を狙ってたんだろ?」と笑って言う。

「違うよ！　私はたまチョコの――」

後ろにワイシャツを羽織った音が聞こえたので、反論しながら振り向けば、また心臓が跳ねた。

ワイシャツを着ていても、まだボタンは閉められていないため、裸の胸が見えている。

うろたえて俯けば彼を面白がらせてしまい、ククと意地悪な笑い方をする彼が、私の目の前に立った。

「いつもの生意気さはどこへいった。恥ずかしがるふりをしないで、見たいなら見ていいぞ」

「ほら」とわざとワイシャツの合わせ目を広げる彼に、私は悔しくなって頬を膨らませる。「見たくない」とひと言返せば、「へぇ。じゃあ、触りたいのか？」とさらにからかわれた。

「あっ！」と驚きの声をあげたのは、手首を取られて、その胸に押し当てられたからだ。

張りのある肌の下の筋肉は逞しく、艶《なま》《め》かしい色気があって、まるで私から女の顔を引き出そうと企んでいるかのようだ。

この胸に抱きしめられたら……と、頭が勝手に彼との情事を想像してしまう。

自分が彼に抱かれる映像が浮かんできて、ハッとして首を横に振ってそれを消し、『なんで!?』と心の中で叫んでいた。

もしかして私って、欲求不満なの？　ここ数年、そういうことにはご無沙汰だったから？

いや、違うよ。私はいやらしい女ではない。彰人の攻撃力が凄まじいから悪いんだ。

彰人に触れている右手に意識を持っていかれながらも、心の中で必死に言い訳していたら、彼が「ん？」となにかに気づいたような声を出した。

軽く握った私の右手を胸から離し、「なにを持ってる？」と問いかける。

「深海のナマコ……」

手を開いてフィギュアを見せたら、彼は私がこの部屋のドアを開けた理由を察したようで、「シークレットが出たのか」と呟いた。その声には呆れが滲んでいる。

からかう気は失せたようで、ワイシャツのボタンを素早く閉めると、クローゼットの横の姿見の前に移動して、ネクタイを結び始めた。

それを見て、すっかり焦りの引いた私が、「仕事？」とドアの前から問いかければ、鏡越しに視線が合う。

「ああ。言ってなかったか。これからＴＫＪ社の三十周年レセプションパーティーがあるんだ」

私には告げられていないけど、その予定は知っている。三日前、専務室の机の下に隠れた時に、西尾さんがレセプションの招待客がどうのと言っていた覚えがあった。

今日のことだったかと納得していたら、ネクタイを結び終えた彼がネイビースーツのジャケットを羽織って私の方に振り向いた。

彰人のスーツ姿など見慣れているはずなのに、なぜか心臓が波打つ。

どこのブランドか知らないけど、高そうなスーツを完璧に着こなしているよね。

顔もスタイルもいいとは、はっきり言ってずるい。

これで性格が紳士的であったなら……と残念に思う私を「邪魔だ」と押し退けるようにして、彼は廊下に出ていった。

彰人のいない寝室に用はないので、私も後に続くと、洗面所のドアノブに手をかけた彼が言う。

「今夜は遅くなるかもしれない。レセプションの後に、個人的に飲みに誘おうと思っている人がいる」

「ふーん。女性？」と何気なく聞いたら、顔だけ振り向いた彼が「アホ。おっさんだ」と眉を寄せる。

「今後、仕事で役立ちそうな人脈は、繋がりを深めておいた方がいいだろ」

そう説明してから体ごと私に向き直り、なぜかニヤリと口の端をつり上げた。

「お前と暮らしてるのに、女は誘わない。安心して、いい子で待ってろよ」と言って頭にポンと手をのせるから、私はムッとする。

恋人でもないのに、なんで私が彰人の女性関係を心配しなければならないのだ。

この同居生活は彼との戦いであり、そこに甘さは必要ない。

彰人としては、私が惹かれ始めているという事実が欲しいのだろうけど、そうはいくかと、大きな手を頭から払い落とした。

「悪いけど、家で彰人を待ったりしないよ。私も飲みに行くから」

すると彼は急に真顔になり、「誰と？　男か？」と低い声で聞いてくる。

今度ニヤリとするのは私の番だ。

「そうだけど、なに？　気になるの？」とその顔を覗き込むようにしたら、嫌そうに目を逸らした彼が「別に……」と口を尖らせた。

私を惚れさせてから振ると企んでいる彼なので、やきもちを焼いているわけではないだろう。

けれども私の交友関係に嫉妬して、むくれているようにも見える態度が可愛くて、私は仕方ないなと頬を緩めて打ち明ける。

「ただのチームの飲み会だよ」

先月の営業成績は、私の所属する三班が一番だった。この前の全体会議で部長からお褒めの言葉をいただいて浮かれた私たちは、祝勝会を開こうという話になったのだ。

三班は十八人いて、男性十五人、女性三人という内訳である。

男性と飲みに行くのは嘘じゃないけど、ただの同僚だし、女性もいるから、色気のある話ではないのだ。

それを説明したら、彰人が私にも聞こえるような安堵の息をついたので、吹き出してしまう。

「私に男がいたら嫌なんだ」とからかい、「ここ数年、男っ気なしの生活だから安心していいよ」とやり返せば、途端に彼は耳まで顔を赤らめた。

「そ、そんな心配はしてない」と上擦る声で否定して、慌てたように洗面所に逃げ込み、ドアに鍵までかけている。

あ、デレた……。

私の胸がキュンと音を立てたら、ドアの向こうから「莉子」と名を呼ばれる。

「なに？」

「あまり遅くならないようにしろよ」

私を心配するその声には、真面目で誠実そうな響きが感じられた。

彼がたまに見せる優しさは、妙にくすぐったい。

ささをごまかすためであった。

「うん」と返事をした私は人差し指で頬をかき、ドアに背を向ける。

「シークレットを飾らなくちゃ」と独り言を呟いてリビングに向かったのは、照れくささをごまかすためであった。

彰人は十四時半頃、私は十八時前に自宅を出てそれぞれの飲み会に出席し、時刻は二十三時を回ったところだ。

今は二次会のカラオケの最中で、男性九人の中に女性は私ひとり。

一次会に参加していた女性社員ふたりは既婚者で、『旦那が』『子供が』という理由で帰ってしまった。

私も帰ろうとしたのだけれど、『織部さんはまだ平気でしょ』という上司の言葉で、ここにいる。

セクハラに厳しい時代のため、『独身だから遅くまで遊んでいられるはずだよね』とは言われなかったが、暗にそう思われての半強制的な二次会参加であった。

終電までなら確かに時間に自由は利くけど、カラオケは好きじゃないんだよ……。

気乗りしない理由は、歌が下手だということにある。

思いきり音程を外すとまではいかない、微妙な下手さが困りどころ。

私の歌は褒められることはなく、かといって『面白いくらい下手だね』と笑われることもない。感想を言いにくい雰囲気にさせてしまうこの歌唱力のせいで、学生時代からカラオケは苦手であった。

八畳ほどの個室はコの字形のソファとテーブルが設置されていて、ドア近くに座る私の隣は成田さん。班が違うためこの場にはいないが、〝粉かけ小南ちゃん〟に狙われている、爽やかで実力のある営業マンだ。

年が近いこともあって彼とは話しやすく、隣にいてくれるのはありがたい。

選曲用のリモコンが回ってくるたびに、内心『歌いたくないな……』と思っていたら、彼が笑顔で話しかけてきた。

「織部さん、一緒に歌おうよ。デュエット曲じゃなくて、ひとりボーカルの曲を。なにがいい？」

カラオケが苦痛だという気持ちは顔に出していないつもりでいたのに、どうやら気づかれたみたい。

ふたりで同じメロディを歌えば、下手さは多少ごまかせる。

気遣い溢れた申し出に、ありがたいような申し訳ないような気持ちで頷き、彼と一緒にリモコンの画面を見る。

ふたりで歌えそうな曲を探しながら、『これが彰人だったら……』と考えていた。

不遜な彼なら、成田さんのように気遣ってはくれないはず。仮に私から一緒に歌ってほしいと頼んだとしても、『俺を頼るな。自分の力でなんとかしろ』と突き放しそう。同居して間もない頃、製品開発部に異動させてほしいと頼んだ時のように。

そして私が音程を揺らして歌えば、『下手くそ』と言って笑うことだろう。

勝手に想像したことに対し、なんて意地悪な男なんだと非難しかけた私だが、その直後に、なにか違うと首を傾げる。

私がカラオケのなにが苦手かといえば、自分の歌の笑いにも変えられない中途半端な下手くそさであり、一緒にいる相手に気を使わせてしまうのが嫌なのだ。

そう考えれば、『織部さんのために一緒に歌ってあげよう』と気遣ってくれる成田さんより、『下手くそ』と遠慮なく嘲笑う彰人の方が、私の気持ちを楽にしてくれそうな気がした。

成田さんが「この曲はどう?」とリモコンの画面を指差して私の意見を聞いていた。けれども想像の中の彰人に気を逸らしていた私は、返事とは違う言葉を呟いてしまう。

「彰人……」

無意識に彼の名を口にしてしまい、それからハッと我に返って隣を見る。

すると成田さんが目を瞬かせていた。

「ごめん、よく聞こえなかったけど……飽きたって言ったの？」

「えっ⁉　あ、あ～そうです。ちょっとだけ飽きて……い、いえ、楽しいですよ。飽きたんじゃなくて、ええと……」

今は四十代の係長がマイクを握っていて、隣との会話がしづらいほどの声量でノリのいい曲を歌っている。そのため、私の呟きを聞き間違えてくれたのはありがたいが、上司や先輩とのカラオケに『飽きた』と言ったと思われるのもまずいと慌てていた。

結局うまい言い訳が見つからず、「すみません」とばつの悪い思いで謝れば、成田さんがクスリと笑う。

さらに声量を上げて気分よさそうにサビに突入した係長の方をチラリと見てから、彼は私に顔を寄せて言った。

「ふたりで抜けようか。俺もカラオケ飽きた。というより、耳が痛くなって正直きつい」

ここから逃げたい気持ちはあっても、無理ではないかと私は思う。

九人しかいない中でふたり同時に退席しようとすれば、まだ帰るなと引き止められることは想像に容易《たやす》い。トイレと偽ってひとりずつ抜けたとしても、帰ったことに気づかれた時に、私たちの印象が悪くなる。後々の仕事に悪影響を及ぼさないためにも、終了まで我慢するべきではないだろうか。

二時間で借りている部屋なので、誰かが延長と言い出さない限り、あと二十分ほどでお開きとなるはずだし。

リスクとメリットを天秤にかけて残る方を選択した私は、「うまく抜け出すのは無理ですよ。諦めます」と誘いを断る。

すると、彼は自信ありげに「大丈夫、俺に任せて」と白い歯をキラリと光らせた。

そして係長の歌が終わるのを待って立ち上がり、みんなに向けて大きな声で言う。

「盛り上がってるところすみませんが、俺、これから織部さんを口説こうと思うので、ふたりで抜けます。成功を祈っていてください」

「えっ⁉」と驚く私に彼は、「立って。荷物持って出て」と指示する。

「そうだったのか。若者たち、仕事も恋も頑張れよ！」

「成田～織部さん食おうとしてる？　それもよし。独身のうちに楽しんどけ」

上司と先輩たちは誰ひとり引き止めることなく、酔っ払いの明るいテンションで成田さんにエールを送っていた。

混乱しつつも、彼に押し出されるようにして個室から出たら、私を口説くというさっきの発言の真意を問う暇もなく、手を握られて走らされる。

カラオケ店から外へと飛び出しても、まだ彼は私を引っ張って夜道を駆け、ネオン輝く繁華街の赤信号でやっと足を止めた。

息を乱した私が、「成田さん、どういうことですか？　さっきのは冗談ですよね？」と聞いたのは、これまでただの先輩後輩という関係を続けてきて、ふたりきりでの食事やデートにも誘われたことがないためだ。

すると彼は探るような目で私を見てから、少し笑って「半分本気」と答えた。

「半分？　え？」

ますますわからなくて眉をひそめても、彼の微笑みは崩れない。

繋いでいる私の手を離し、カラオケ店では脱いでいた薄手のジャケットを羽織ると、軽い口調で言う。

「織部さんが入社してきた時、可愛い子が入ってラッキーだと思ってたんだ。同じチームだし、仲良くなれるかもと期待してた。でも織部さん、あの時は彼氏持ちだっただろ？」

「はい……」

学生時代から交際していた元彼とは、社会人になってすれ違うようになり、別れてしまった。お互いに恋人関係を続けようと努力しなかったのは、そこまでの愛情がなかったためだと思っている。

それが社会人一年目の秋のことで、成田さんに元彼の話をしたことがあっただろうか？と考えてみたが、思い当たらなかった。

彼は信号が青に変わっても足を止めたまま、爽やかな笑顔で話し続ける。

「俺も社外に彼女がいたから、これまで特にアクションを起こさなかった。でも半月ほど前に別れてね、今は彼女募集中。織部さんのことは、今も変わらず可愛いと思ってる」

可愛いと面と向かって二度も褒められては照れくさいけど、喜ぶよりは『半分本気』と言われたことに納得する気持ちの方が強かった。

私に恋愛感情を持てそうだから、試しに付き合ってみたいという程度の思いが、彼にはあるみたい。

中途半端な気持ちを正直に打ち明けてくれた彼には、好感が持てる。

もし『ずっと前から好きだった』と嘘をつかれていたなら、『これまでそんな素振りはなかったよね？』と疑問ばかりで、不審に思ったことだろう。

「俺のこと、どう思う？　もしかして今、彼氏いるの？　それなら諦めるけど」

たまチョコの空き箱並みに軽い告白でも、久しぶりの恋愛事なので私の鼓動は二割り増しで高鳴っているし、真面目に悩む。

「彼氏はいないんですけど……」と言って目を逸らせば、私たちと同じようにどこかで飲んできたと思われる集団が、大きな声で会話しながら横断歩道を渡っていた。

この辺りは飲み屋が多いので、昼より夜の方が賑わう。

繁華街のありふれた光景を見つめながら、私は自分の顎に片手を添えて「うーん」と考え込んだ。

成田さんは営業部の中でも成績がよく、今は主任というポジションにいるが、近いうちに係長に昇進するはず。ファンベル製菓は一流企業であり、将来性は抜群といってもいいだろう。見合い相手のお坊っちゃまたちとは違って庶民的な感覚は私と合いそうだし、優しく爽やかで人当たりがいい。見た目もいい方で、私にはもったいないくらいの素敵な男性である。

でも……。

半月ほど前に告白を受けていたなら、付き合ってみようという気持ちになったかもしれないが、今私を悩ませているのは彰人の存在だ。

彰人との同居はあとひと月半ほど続くのに、その間に彼氏を作るのはまずい気がする。別の男性と暮らしていては、交際相手に対し、申し訳ないと思うからだ。

では、どうする？

彼氏ができたと言えば、彰人は同居を解消してくれるだろうか……？

信号がまた赤になり、青に変わっても結論を出せずに、「ちょっと考える時間をもらっていいですか？」と成田さんに視線を戻す。

すると彼は「ちょっとでいいの？」と言ってクスリと笑い、「それならどこか店に入ろう。そこで考えて」と自信と期待を滲ませる口調で言った。

腕時計を見れば、時刻は二十三時二十分。

私は電車で帰るつもりでいて、気にするのは終電である。

その時間まではあと一時間ほどあり、一杯飲むくらいなら大丈夫だと判断して頷けば、彼は嬉しそうに微笑んだ。

「この先に雰囲気のいいバーがあるんだ。そこに行こう」

彼と並んで片道二車線の道路の、点滅信号を急いで渡る。

私を誘導する彼は、大通りから横道に折れた。

まだ九月に入ったばかりなのに、膝下丈のワンピースから出る足が心なしか寒い気がする。それは急に通行人がまばらな、寂しい道に入ったせいだろうか。

人気《ひとけ》が少ないといっても、車道と歩道の境のない道沿いには、開店している店もある。

ひなびた商業ビルの、看板だけが真新しいネットカフェが目についた。

そういえば、ネットカフェに入ったことがないなと思いながらその前を通り過ぎ、若者が避けそうなスナックと立体駐車場の前を歩く。

その先にあるのは……。

私の足がピタリと止まる。

三十メートルほど先に、どぎついピンク色のネオンが見えた。

この先のエリアに足を踏み入れたことはないけれど、ラブホテル街であることは知識として頭にあった。

もしかして、私を連れ込もうと企んでいるの……？

私の一歩先で足を止めた彼が振り向いて、「どうした？」ときょとんとして問う。

その表情に腹黒さは感じないが、無言で疑惑の眼差しを向けていたら、「あっ」と気づいた様子のラブホの彼が慌てて弁解する。

「違うよ。ラブホには行かないから安心して。ほら、二軒先のビルの二階にワインバーの看板が見えるだろ？　目的はあの店だよ」

彼の指差す方へ視線を向ければ、確かに白地に赤紫色の文字で『ワインバー・アルゴ』と書かれた看板が見える。

ホッと緊張を解いた私は、「誤解してすみません」と謝った。

よく考えれば、行きずりの関係ではなく同僚なのだから、無理やり連れ込めば、彼にもリスクがある。

それに職場での彼は誠実で卑怯なことをする男性ではないと知っているのに、疑ってしまったことを反省していた。

「信じてよ」と念を押すように言った彼は、その顔に笑みを取り戻して歩き出す。

私も彼について足を進め、古いビルの中へと入っていった。

階段で二階に上がるとすぐに、ワインバーのドアが見えた。明かり取りの小窓にステンドグラスをはめ込んで、藍色に塗装した味わい深いドアである。

それを成田さんが開けてくれて、店内に足を踏み入れたら、趣のあるインテリアでまとめられた居心地のよさそうな空間であった。

L字型のバーカウンターに椅子が七つ並び、四人掛けのテーブル席が四つ。その椅子はアンティーク調の布張りで、それぞれが微妙に色やデザインを違えている。

天井ライトの傘はステンドグラスで、店内の二カ所の窓も同じ。明治の文明開化から大正にかけて流行ったような、日本生まれの洋を感じさせるレトロな空間には馴染みがあった。

バーカウンターはないけれど、私の実家のリビングも似たような雰囲気をしている。富豪であった頃の先祖ゆかりの家具を、修理しながら今も大切に使っている。

そういうところは私の両親の褒められる点で、商才はなくても、物の良し悪しは見極められる人たちである。古くなったからといって、価値ある調度品を簡単に処分するような愚か者ではないのだ。

「いらっしゃいませ」と、この店のマスターと思われる中年男性がカウンター内から私たちに声をかける。

「ラストオーダーは零時半となっております。よろしいでしょうか?」

零時半になる前にここを出なければ終電に間に合わないので、私は「はい」と答える。成田さんも頷いて、カウンターに並んで座った。

テーブル席は埋まっていて、カウンターにも三人の先客がいる。

大通りから外れ、ラブホテル街に近いという立地条件はよくないながらも、なかなか繁盛しているようだ。

私はメニュー表の中から、赤ワインをジンジャーエールで割ったキティというカクテルを選び、成田さんは白のグラスワインを注文した。

すぐに出されたグラスを合わせて乾杯し、「素敵な雰囲気のお店ですね」と私が言えば、彼は「気に入ってくれてよかった」と微笑んだ。その後に、「他にも色々と穴場の店を知ってるんだ。織部さんを連れていきたい」と口説きにかかる。

「あ……」

デートの誘いとも取れる言葉がけに『はい』と即答できない私は、この一杯を飲む間に交際するかどうかを考えなければと、また悩み始めた。

どこまで考えたんだっけ？　そうだ、彼氏ができたら、彰人がすんなりと同居を解消してくれるかというところまでだ。

彰人と暮らしていなければ、なんの問題もなく交際を始められるから……。

カクテルをひと口飲んで、私は首を傾げた。

味に問題があるのではなく、同居の解消という言葉に引っかかりを感じたのだ。

彰人のタワーマンションを出て、ひとり暮らしのアパートに戻る自分を考えれば、なんだかもったいない気がして……。

初めは迷惑なことを言い出す、面倒くさいお坊っちゃまだと思ったし、喧嘩の絶えない毎日で、彼の俺様な言動にはムッとする時もある。

けれども、楽しいこともあるのだ。

一緒にテレビのバラエティ番組を見ていて、同じところで吹き出したら、ひとりの時より心が弾む。

朝の洗面所で、ヘアアクセサリーに迷って『どっちにしよう』と呟いたら、『その服なら緑のリボンだな』と隣で歯磨きしている彼が応えてくれたりする。

独り言で終わるのではなく、返事があるというのは嬉しいものだ。

なにより、命令的で偉そうな態度の彼が時折、頬を染めてデレる姿に私は萌える。

『照れてるの？』と指摘すれば『違う』と逃げ出して、普段は横柄な分、そういう可愛い姿を見せられると胸がキュンとする。もっとその顔を見たいと思うのだ。

つまり、同居が楽しくなってきたから、二カ月の期限が来るまで、あの家にいたいということで……。

結論が出かけた時、ハンドバッグに入れている私のスマホがメールの着信を告げた。取り出して確認すれば彰人からで、【何時に帰るつもりだ】と書かれていた。

それを読みながら、不機嫌そうに眉を寄せる彼の顔が頭に浮かぶ。出掛ける前の彼に、『あまり遅くならないようにしろよ』と注意されたことを思い出していた。

このメールから推測するに、レセプションの後、誰かを誘って個人的に飲みに行くと言っていた彼は、今帰宅したところなのではないだろうか。

私がまだ帰っていないことを知り、心配してメールをくれたと思われる。

終電で帰るつもりだと、返事をした方がいいよね……。

その旨と、先に寝ていていいという内容の文面を手早く返信し、スマホ画面を伏せてテーブルに置く。

成田さんはチラリと私のスマホを見たが、誰からのメールかと問うことはなく、一杯目のグラスワインを飲み干して、二杯目を注文していた。

「ペースが速いですね」と声をかければ、「飲み足りないと思っていたからね」と返される。

一次会では近くに座らなかったので、彼がどれだけ飲んでいたのか思い出せないが、カラオケ店ではサワー系の飲み物を一杯しか頼んでいなかった気がする。

飲み放題だし、それならもっと飲めばよかったのにと不思議に感じたが、酔わないようにしていたのかもしれないと思い直した。

みんなに飲み物を聞いて、まとめて注文したり、会話が途切れないように話題を振ったりと、二次会では彼が一番気を配っていたように思う。

やっぱり、成田さんはいい人だよね。断るのは惜しいかな……。

同居を解消させるのが嫌なら、交際の申し込みを断るべきだと思って結論を出しかけたのに、再びどうしようと迷いが生じた。

それと同時にスマホが電話の着信音を鳴らすから、ビクリと肩を揺らす。

これはもしかして、彰人だろうか……？

成田さんを気にしたら「出ていいよ」と言ってくれたので、私は「すみません」と謝り、スマホを手に店を出る。

画面を確かめると、やはり彰人からの着信で、電話に出るなり《どこにいる？》と苛ついた声で問われた。

「アルゴというワインバーだけど――」

そう言った途端に、《ワインバー？》と驚いたような声で復唱され、《まさか、男とふたりで飲んでるんじゃないだろうな》と鋭い指摘を入れられた。

隠す必要性を感じず、「そうだよ」とサラリと答えたら、スマホの向こうでガチャンと音がする。コップかなにかを床に落として割ったような音だ。

「なに割ったの!?　大丈夫？」と彼の怪我を心配したが、問いかけとは別の返事をされる。

《チームの飲み会と言ってたよな。男とふたりとは、どういうことだ？》

その声には怒っているような厳しさがあり、なぜ責められねばならないのかと私はムッとする。

「二次会までは班のみんなと一緒にいたけど、先輩とふたりで抜け出すことになったんだよ。その流れで、もう一軒行くことになって」

大雑把に説明して、「ただそれだけなのに、なんで彰人が怒るのよ」と文句を言った。

すると呆れたようなため息が聞こえ、声のトーンをいくらか和らげて彼が否定する。

《怒ってない。お前は騙されやすそうだから、男の企みに気づかずに、泣くような展開になるんじゃないかと心配してやってるんだ》

企んでるのは、成田さんじゃなくて彰人でしょ、と非難の気持ちで聞いていた。

私に彼氏ができれば、彰人の企み通りにいかなくなるから、腹を立てているのだろう。

そう思うので、彼の心配は私の心に少しも響かなかった。

なにをもって〝騙されやすそう〟と判断するのかもわからないし、成田さんは誠実な人なのに。

《今すぐタクシーで帰ってこい》と低い声で命令する彰人に、私もイライラして「終電で帰るって言ってるでしょ！」と喧嘩口調で返してしまう。

《俺は――》となにかを言いかけた声を「うるさい！」と遮り、声を大きくして主張する。

「成田さんは誠実な人なのに、根拠もなく疑うなんて失礼だよ。それに私は大人です。自分で判断して危険を回避できる。彼氏でもないのに束縛しないで」

《成田だと⁉　莉子、落ち着いて聞け――》と慌てたような彰人の声を耳にしたが、無視して電話を切り、電源もオフにした。

子供扱いされた気分で、不愉快になる。それと同時に、成田さんと付き合ってみようかという方へ気持ちが傾いた。

今の時点では同じ班の先輩だとしか見られないけれど、デートを重ねるうちに恋心が芽生える可能性は充分にある。

俺様御曹司の彰人と違って、成田さんは私に似合う庶民的で素敵な男性なのだから。

正直に言えば、彰人の鼻を明かしたいという対抗心の方が理由としては強いかもしれない。

彼のデレる顔が見たくて同居も楽しいと思ったけど、こんなふうに束縛するようなら続けられない。私から見合いを断った形で終わらせることが許せない彰人だが、彼のプライドなんて知るか！と私は憤った。

そうだ。もうおかしな同居生活はやめると、はっきり言ってやろう。

「なんで私が騙されやすそうな女なのよ……」とブツブツと文句を言いつつ店内に戻る。

彰人は、成田さんが私をベロベロに酔わせて、ホテルに連れ込むとでも危ぶんだのだろうか？　そんな人じゃないのに……と思った私は、驚いて目を見開いた。

成田さんが白ワインをボトルごと注文し、水のようにゴクゴクと喉を鳴らして飲んでいるからだ。

私ではなく彼が酩酊《めいてい》状態になるのではないかと心配し、慌てて席に戻ると「そんなに飲んで大丈夫ですか？」とその顔を観察した。

頬はほのかに赤く色づいているけれど、他にいつもの彼との違いは見られない。

「平気だよ。俺、酒で記憶なくしたりしないから。アルコールに強い体質なんだ」と答える声はしっかりしていて、酔っ払っているという感じはなかった。

「それなら、いいんですけど……」

そう答えながらも、手酌でグラスにワインを注ぎ足している彼に不安を拭えずにいたら、「電話の相手は、ルームメイト？」と問いかけられた。

「あ……そうです」

そういえば先月の全体会議の日に、ルームメイトがいると彼に言ってしまった覚えがあった。

あの時は、『俺も女だったら、織部さんとルームシェアしたい』と言われ、同居人が女性であると勘違いされた。

今もそう思っている様子の彼が、「帰りが遅いと心配して連絡くれたの？　友達、いい子だね」と笑っていた。

「そ、そうなんです。ちょっと心配性で……」

「友達に伝えておいてよ。今夜は帰らないと思うって」

「え……？」

成田さんはニコリと口角をつり上げているが、目は笑っていなかった。

冗談とも本気とも取れる顔で、私を帰す気がないようなことを言われたため、私の笑みは固まる。

すると「冗談だよ。もっと一緒にいたいと思うだけで、手荒なことはしない」と彼は目を逸らして言った。

それからグラスに入っているワインを飲み干し、注ぎ足して、「空になった」と新たなボトルを注文していた。

彼の飲むペースにはハラハラさせられるけど、冗談だと言われたことについては、ホッと胸を撫で下ろす。

成田さんが誠実な人だと彰人に啖呵《たんか》を切ったのに、やっぱり狼で、それを見抜けなかった私は愚か者……という展開にはなりたくない。

それに加えて、成田さんと付き合ってみようと決めたばかりである。

信じなくてどうするのだ。

気を取り直して笑顔を作り、まだほとんど減っていないカクテルに私も口をつける。

コクリと喉に流せば、赤ワインの酸味と渋みをジンジャーエールの甘さが緩和してくれて、美味しいと感じた。

電話の間に炭酸はすっかり抜けてしまって、それが残念に思うくらいで、このカクテルに特におかしな点はない。

それなのに、もしこの中に睡眠薬でも入れられていたなら……と頭が勝手に想像し、成田さんがよからぬことを企んでいたらどうしようと不安になった。

そんなことを思うなんて、私は一体どうしてしまったのか……。

自問した結果、彰人に変な心配をされたせいだと決めつける。

怒っているような心配しているような、眉間に皺を刻んだ彰人の顔が、頭から消えてくれない。

私は成田さんを信じているし、これから交際をスタートさせようかというところなのに邪魔しないでよと、口に出さずに文句をぶつけていた。

成田さんと付き合ってみるという結論を出しても、頭の中の彰人に妨害されてなかなか口に出せず、他愛ない会話をしながら数十分が経過して、私のグラスが空になった。

時刻は零時十五分。

そろそろここを出て駅に向かわないと、終電に乗り遅れてしまう。

「成田さん、私、決めました。お付き合いを――」

交際を了承する返事をしなくてはと、ついに口を開いたが、それは「え?」という驚きの声に変わる。

それまではテーブルに頬杖をつき、仕事や最近観た映画の話などを普通にしていた彼だったのに、急にパタンとテーブルに突っ伏したのだ。

「飲みすぎた……」と呟いたかと思ったら、スースーと寝息を立て始める。

「起きてください。ここで寝られたら困ります！」

慌てた私がその体を揺すったら、顔をこっちに向けて薄目を開けてくれたけど、

「ごめんれ」と応える声は呂律《ろれつ》が回っていない。

「酔っちゃっれ。ひとりれ帰れないかも」

アルコールに強い体質と自信ありげに言ってたのに、突然なんでこうなるのよ……。

非難の気持ちが湧いたが、眠そうに目を閉じてしまった彼に慌てる。

ハンドバッグを手に席を立ち、「帰りましょう」と彼の腕を引っ張るようにして立たせたら、足元がふらついていた。

「織部さん、肩貸して……」

「もう！」と文句を言いつつ、成田さんの腕を自分の肩に回しかけて体を支える。

その体勢でマスターに支払いをしたら、なにか言いたそうな目でじっと見られた。

迷惑だから、もう来るなと思っているのだろうか……？

暴れたり騒いだりはしていないが、「すみません」と一応謝って店を出る。

成田さんはふらつきながらもなんとか歩いてくれて、エレベーターで一階に下りることはできた。

さあ、急いで駅に行かないと終電に乗り遅れてしまう。

しかし、ビルから外へ出た途端に、彼が体重のほとんどを私に預けてくるから、私までよろけて転びそうになり、足を止めた。

重い……。

最寄りの駅までは三百メートルほどだろうか。

ひとりで歩けば五分ほどで着くと思うけど、彼を支えて歩けばその倍以上かかりそう。階段の昇降も不安だし、時間もギリギリで、終電に間に合わない可能性もある。

考えた結果、電車を諦めてタクシーを呼ぶことにする。

「織部さん、いい香りがする……」と成田さんが私の髪に鼻先をくっつけるから、それを避けようとできるだけ頭を彼から遠ざける。

首が痛くなりそうな体勢でスマホに電源を入れ、検索したタクシー会社に電話したが、なかなか繋がらない。数回かけ直してやっと繋がったと思ったら、配車の申し込みをするなり、《二時間待ちになります》と言われてしまった。

「えっ!?　そんなに待つんですか？」

まだギリギリ終電前なので、すぐにタクシーを呼べると思ったが、甘かった。

よく考えれば、もう終電時間を過ぎている路線もあるかもしれないし、バスもそうだ。公共機関での帰宅を諦めた客が、次々とタクシーを捕まえていると思われた。

「他のタクシー会社に連絡してみます」と言って切ろうとしたが、《どこも今は混み合っているはずですよ》と教えられる。

当然流しのタクシーも、空車の札をあげている車はないのだろう。

「わかりました」と言って、配車の申し込みをせずに電話を切った後、私は困り果てた。

「成田さん、電車もタクシーも無理です。どうしたらいいですか?」と重たい彼に問いかけてみる。

まともな返事は期待していない。

「うーん」と唸った彼は、「気分が悪い。横になれるところに連れていって」と、わざとらしいほどにつらそうな声で答えた。

横になれる場所って……。

右を見れば、三十メートルほど先にラブホテルのピンク色のネオンが見える。

あそこに行くしかないのだろうかと考えたが、すぐに首を横に振った。

いくら具合が悪いと言われても、成田さんとは入りたくないと、私の心が訴えている。

それならばと左を向けば、ネットカフェの看板が見えた。

入ったことはないけど、定住せずにネットカフェで暮らしている人もいると聞くから、中は個室で横になって眠ることのできるスペースがあるはずだ。

仕方ない、始発までネットカフェで過ごそうと決めたら、手に持つスマホが鳴り響いた。

もしかして、空車が出たとタクシー会社がわざわざ知らせてくれたのだろうか？

可能性の低い期待を抱いて画面を確かめずに耳に当てたら、《おい》と彰人の声がした。《終電の時間だぞ。乗ったのか？》という確認の電話である。

「ええと、それが……」

ばつの悪い思いで、答える声が小さくなる。

四十分ほど前の電話で、私は大人で判断力があり、困る展開には至らないから心配無用だというようなことを主張したためだ。

この状況を隠したいと思ったけど、帰ってこない私を心配させ続けるわけにいかないので、嘘はつかずにボソボソと打ち明ける。

成田さんが白ワインをボトルで二本飲んで酔い潰れてしまい、駅まで行けず、タクシーを捕まえることもできなかったという事情を。

すると《やっぱりな。そんなことだろうと思った》と、叱られるのではなく呆れられた。

彼の声が落ち着いているためか、私もむきにならず素直に「ごめんなさい」と謝ることができた。

「ネットカフェが近くにあって、そこで始発を待つよ。だから寝ていいよ。お説教は帰ってから聞く」

本当は今すぐ家に帰りたいけど……という思いから、私の声に疲労が滲む。

彰人はわかったと言うのではなく、《アホ》と低い声で非難した。

そして《寝られるわけがないだろ。車で迎えに行くから待ってろ》と言い、スマホの向こうで車のキーを手に取ったような音が聞こえた。

その言葉に喜びかけた私だが、彼も今日は飲み会だったと気づき、「酒気帯び運転は駄目だよ！」と慌てて止める。

しかし《飲んでない》と言われる。

十五時からのレセプションパーティーでは、乾杯にシャンパンをひと口飲んだだけで、そのアルコールはすでに体から抜けている。その後に個人的に誘った人と銀座《ぎんざ》の高級クラブに行ったが、アルコールを口にせずにお茶しか飲まなかったのだとか。

その理由を彼は、《嫌な予感がしたんだ。お前がこんなふうに馬鹿なことをやらかす気がして。それで運転できるように飲まなかった》と、ため息交じりに教えてくれた。

普段の私なら、『余計な心配しないでよ』とムッとするところだが、今は「心配してくれてありがとう。本当にごめん……」と謝るしかない。

それと同時に、宴会中も私のことを考えてくれていたのかと、胸の奥が温かくなる。

申し訳なくも嬉しいような、照れくさいような……。

それから詳しい場所を告げて電話を切り、出たばかりのワインバーのあるビルの中に、成田さんと戻った。

エレベーターの横に階段があり、そこに彼を座らせて私も隣に腰を下ろす。

ここからだと出入口が半分ほど見え、外の様子を確認できる。

すると「うーん」と唸った彼が、私の膝に頭をのせてきた。

膝枕をしてあげたいとは思えないけど、相手は酔い潰れているため、仕方なくそれを許す。

そうしたら、太ももに頬ずりされて、「ここじゃなくて、ベッドがあるところで寝たい」と甘えた声で言われた。

心に沸き上がるのは、成田さんへの嫌悪感。

もう交際しようとは思えない。人に迷惑をかけるような飲み方をする人は、好きじゃないからだ。

ワインバーの中で右に左に揺れた心は完全に『交際しない』という結論に達する。

「今、私のルームメイトが車で迎えに来ますので、家に帰ってからベッドで寝てください」と冷たく答え、その直後にハッとした。

彰人が私を迎えに来たら、専務と末端ＯＬの秘密の同居がバレてしまうのでは……？

まずいと焦ったが、膝の上の成田さんを見て、すぐに大丈夫だと思い直した。

ひとりで歩けないほどに酔い潰れているのだから、彰人がうちの社の専務だとは気づかないだろう。

私の場合、見合いをドタキャンして専務室に呼ばれたあの時まで、専務の顔さえ知らなかったのだ。成田さんもきっと同じだと思う。

もし専務の顔を見たことがあったとしても、社内ならともかく、こんな場所では、彰人から名乗らない限りわからないと推測した。

自己解決で焦りを消し去ったら、迷惑な酔い方をする彼が「ルームメイトって可愛い？」と、どうでもいい質問をしてくる。

「可愛い……ところもあります」とデレた時の彰人を思い浮かべて答える。

「そっか。それなら、三人プレイもいいな……」

「三人プレイ？　どういう意味ですか？」

「なんでもない。酔い潰れた男のたわ言だから気にしないで」

泥酔している人って、『酔ってないよ』と言うものだと思っていたけど、成田さんはその自覚があるみたい。

それだけ頭が働くなら、もっと足にも力を入れて駅まで歩いてほしかったと思い、不満をため息に混ぜて吐き出した。

それからは無言で数分が過ぎ、ビルの出入口に眩しい車のライトが見えた。

エンジンとドアの開閉の音もして、その後すぐに「莉子！」と呼びかけ、ビルに入ってくる彰人の姿を目にした。

成田さんは私の膝から頭を離して姿勢を直し、「ルームメイトって……男？」と驚きを口にしている。

「そうです」と淡白に答えて立ち上がり、私は向かい合った彰人に「ありがとう」と再度お礼を言った。

彰人はTシャツの上にボタンダウンシャツを羽織り、黒いズボンを穿いている。

この姿では、高級スーツを着こなす社内での彼と結びつくことはないだろうと、私は先ほどの自分の推測に自信を持った。

大丈夫。成田さんは専務が目の前にいるとは思わないはず……。

ところが、不機嫌そうな顔の彰人が、視線を私から成田さんに移すと、「俺が誰だかわかるか？」と問いかけるから、私は驚いた。

なんでわざわざ、そんな確認をするの⁉

「彰人」と呼びかけたのは、余計なことを言えば気づかれるかもしれないという懸念を察してほしかったためだ。

けれども視線は合わず、彼は階段の二段目に座っている成田さんを睨むように見下ろしている。

成田さんにはもう酔っ払いのヘラヘラした笑顔はなく、不安げな様子で「織部さんの彼氏ですか？」と質問に対して疑問形で答える。その後の「彼氏はいないと聞いたので、誘ってしまったんです……」と言い訳する声には、責められることへの恐れが滲んでいた。

嘘をついたと思われたくないので、「同居していますが、彼氏じゃないですよ」と私はすぐに否定する。

「そうだよね？」と彰人に同意を求めたが、彼は成田さんを睨みつけるばかりでなぜか頷かない。

その視線が私に向けられたと思ったら、突然、腕を取られて強く引っ張られた。

「キャッ！」と驚きの声をあげた私は、彰人の胸に飛び込んでしまい、背中に彼の片腕が回された。

きつく抱きしめられ、『どういうこと⁉』と心臓を波打たせると、耳元に怒りをこらえているような低い声を聞いた。

「確かにこれまではただの同居人だったが、今から俺が莉子の彼氏だ。二度と手を出そうとするな」

「え……ええっ⁉」

盛大に驚いてから、慌てて口を挟もうとしたら、大きな手のひらが後頭部に当たり、彼の胸に顔を押しつけられる。

『なに言ってんのよ！』という反論の言葉は、モゴモゴとして、伝えられない。

私を好きでもないのに、なぜそんなことを言うの……？

夜中に迎えに来なければならないこの状況は、彰人にとって不愉快なことだと思われる。今後、同じような迷惑をかけられないようにという予防的な意味で、私に近づく男性を排除しようと目論んだのだろうか？

迎えに来てもらった分際で強く抗議することはためらわれるけど、その交際宣言に『私の承諾は？』と意見したくなる。

驚き慌てる私の背後で、成田さんが立ち上がった気配がした。「織部さんが嫌がってますよ」という声にはもう怯えはなく、どこか挑戦的な響きを感じる。

なおも彰人の胸に顔を押し当てられたままで、『放してよ』という気持ちをフゴフゴと訴えていたら、彼が鼻で笑って成田さんに言い返した。

「嫌がってんじゃない。こいつはいつも素直になれないだけだ」

「こいつ？　自分の彼女に対して、随分な呼び方をしますね。同居生活での扱いが、どういうものかわかります。ひどい男だ」

成田さんの指摘に、なぜか私はムッとする。

彰人は俺様で横柄だけど、可愛い面や優しさもたまに見せてくれて、決してひどい男ではないと言いたくなる。

私の同居人を悪人扱いする成田さんに腹を立てていたが、彰人自身は怒ることなく、冷静に淡々と非難の言葉を返していた。

「お前ほど、ひどい男じゃないつもりだ。莉子から白ワインをボトルで二本飲んで酔い潰れたと電話で聞いたが、お前、酔ってないな？」

彰人の推測によると、ワインボトルの中は水にすり替えられていたのではないかということだ。私が電話で席を立っている間に、店員に頼んでそうさせたのだと。

言われてみれば、成田さんを支えて歩いた時、その呼気にアルコール臭を感じなかった。今は呂律もしっかりしているし、ひとりで立つこともできるようだ。

千鳥足でふらついていたのは、演技だったということなの……？

その狙いは……。

「大方、酔ったふりして帰れない状況を作り、莉子が自分の判断ですぐそこのラブホテルに入るようにと謀《はか》ったんじゃないのか？　クズ野郎が」

彰人の強い非難を込めた説明に、私は納得させられていた。

二次会まではほとんど飲んでいなかったのに、私とふたりになった途端に水を飲むようにワイングラスをあおる彼は、なんだかおかしかった。

アルコールに強いと言ったくせに、急にばったりとテーブルに突っ伏して、ひとりでは歩くこともできなくなるというのも変だ。

なにか言いたげに私を見ていたマスターは、迷惑な客だと思っていたのではなく、『まんまと騙されて可哀想に』と心の中で呟いていたのだろう。

成田さんに対して、非難の気持ちが沸き上がる。

彰人の力強い腕から逃れることはできないが、もがくようにして顔を横に向け、視界に成田さんを捉えれば、私と目が合った彼は気まずそうに目を逸らした。

その反応は、図星ということなのだろう。騙して、私が自らホテルへと足を向けるような作戦を企てていたのだ。

なんて卑怯なの……。

私と目を合わせられない彼は、「酔いは今さめたんだよ。俺はそんなことをしない」と否定しつつも、動揺に声を震わせていた。

それをごまかそうとしてなのか、「とにかく織部さんは嫌がってるんだから。早く放せ！」と急に声を荒らげて、私に向けて腕を伸ばしてくる。

彰人の力が強すぎてもう少し優しく抱きしめてほしいとは思うけど、こうしているのは嫌ではない。成田さんに捕まることにこそ、嫌悪を感じる。

伸びてくる手を恐れて肩をびくつかせた私だったが、その手は私に触れることなく、彰人によってはたき落とされていた。

彰人が鋭い声で彼を脅す。

「成田。入社一年目の不祥事をもう忘れたのか？　あの時に書かせた誓約書は俺の手元にあるぞ。二度と女性社員に手を出さないという約束で、お前はファンベル製菓に残ることができたんだ。それが破られたと思っていいんだな？」

成田さんは驚きに目を見開いて彰人を見ていた。そして震える声で「高旗専務……」と呟いた後は、絶句している。

彼の入社一年目の不祥事や誓約書については初耳だ。その詳細を聞きたくはあるけれど、今は彰人の正体を知られたことに焦り、『どうするの？』という気持ちで彼のシャツをぎゅっと握りしめていた。

専務が部下と同居していると知られたら、沽券に関わると言ったのは彼だ。

それなのに、名乗ってはいなくても会社に関わる話をして、成田さんに自ら素性をバラしたようなものである。

専務としてのプライドや立場より、私に二度と手を出さないようにと、それを大事に考えてくれたということなの……？

鼓動が三割増しで速度を上げていた。

どうしよう……心が嬉しがっている。彰人をデレさせた時以上にキュンとして、こうして抱きしめられていることが急に照れくさく感じる。

頬が火照っていることを自覚していた。

きっと離れたら、赤面していることがバレてしまうだろう。

それも恥ずかしいので、もう少しこのままでいたいと、広い胸に顔を埋めた。

そうすると、爽やかな洗濯洗剤の香りがした。

私もその洗剤を使わせてもらっているので、私たちはきっと同じ香りがすることだろう。意識してみると、それもなかなかくすぐったい。

私と彰人の同居事情を唯一知っている茜の顔が、ふと浮かんだ。

月曜日のランチで、こんな気持ちになったと教えたら、なんと言われるだろう？

フフッと嬉しそうに笑われて、『それは恋だよ』と決めつけられそう。

いつもの茜節で、これが恋愛感情の芽生えだと説得されては困るから、今日のことは話せないな……。


それから数分後。

彰人は私だけを乗車させて、帰路に車を走らせている。

成田さんは酔っていないことがわかったので、置いて帰っても大丈夫。というより、彼の気持ちとして、専務の車に乗りたくはないだろう。

あの後、企んでいたことを認めた成田さんが私に謝罪して、月曜日に会社で、もう一度誓約書を書かせる話となった。

『三度目は許さないからな。たとえ未遂であってもだ』という彰人の言葉に彼は青ざめ、殊勝な態度で『はい、すみません』と繰り返していた。

きっと彼はもう二度と、こんなことはしないと思う。

一流企業のファンベル製菓は給料もいいから、ここをクビにされるのは嫌だろう。

私は右側の助手席に座り、彰人がハンドルを握っている。車種には詳しくない私でも知っている有名なドイツ製で、ボディの色が黒い五人乗りの高級車だ。

運転中の彼は、不機嫌そうにも見える疲れた顔をしているが、私はそれに構わずに「成田さんの一年目の不祥事って、なに？」と気になっていたことを問いかけた。

すると、ため息をついた彼が、「女絡みの不祥事だ」と忌々《いまいま》しげに答える。

その簡単な説明によれば、同期入社の女性社員を言葉巧みに騙して資料室に連れ込み、肉体関係を迫ったという話であった。

「ふーん……」と返事をして、私は考えに沈む。

今まで爽やかで誠実な人かと思っていたけど、それは会社の中だけの表向きの顔であったみたい。

今回は少々お酒が入っていたせいか、私に対して我慢ができずに卑怯な真似をしてしまったようだが、そんなことをしなければ、私は前向きに交際を検討していたのに。

まぁ、私としては、女性に対して不誠実な人と交際せずに済んだので、これでよかったのかもしれないけれど……。

「これであいつのことがわかっただろ?」と問われて、「うん」と素直に頷いた。

もう二度と成田さんとふたりきりにはならないと、心に誓う。

それでこの件は解決だと思ったら、私の口からあくびが出た。

高級車のシートの座り心地は抜群で、揺れさえも気持ちよく、隣に彰人がいれば安心して気を抜いていられる。

眠気がさして、つい瞼《まぶた》を閉じかけた私であったが、「おい」と隣から鋭い声がした。

成田さんについて語り終えた彰人が、今度は私を説教し始めるから、寝るわけにいかなくなった。

「まったく……。最初から素直に俺の言うことを聞いていれば、こんなことにはならなかったんだ。誰が判断力のある大人だって? 騙されやすいと注意してやったのに、ムキになって怒るからだ」

「はい。専務の仰る通りでございます……」

今夜はひと言も口答えせず、大人しく叱られていようと思う。

成田さんの策に引っかかったことを、自分でも情けなく思うからだ。

でも、騙されやすいと言われたことはこれまでにないし、彰人がどうしてそう思ったかについては、聞かずにいられない。

その疑問をぶつけてみると、彼はなぜか黙り込む。

運転中の凛々しい横顔を観察するようにじっと見つめて、「なんで答えないの？」と催促すれば、渋々といった様子で彼は口を開く。

「お前は隙が多いのに、その自覚がない。だから騙されやすそうだと思ったんだ」

「隙って、どんな？」と問えば、彼が小さなため息を漏らす。

言いたくないけど仕方ないといった顔をして、前を見ながら話してくれた。

「お前、同居初日から、寝室のドアに鍵をかけずに寝てるだろ。よく知らない男とふたり暮らしが始まったというのに、危機感のない奴だと呆れたな」

鍵は……確かにかけたことはないけれど、一流企業の専務という立派な立場にいる彼が、部下である私を夜這いするとは思えないし、現に私の部屋に入ってきたことは一度もない。だから、鍵をかける必要性はないと思って聞いていた。

しかし同時に、指摘には一理あるとも感じる。

今なら自信を持って、彰人は私を無理やり襲うような悪党じゃないと言えるけど、同居を始めた時点では、もっと警戒するべきであったのかもしれない。それまで二度ほどしか会話したことがなく、信頼できる人なのか、判断がつかないのだから。

反論と納得を一緒に心の中で展開させていたら、彰人は「まだある」と話を続けた。

「バスルームにも鍵をかけない」と呆れ声で指摘され、「あ……」と呟いた私はそのことを今、意識する。

けれども、それに関しては、正論めいた言い訳をすぐに思いついた。

バスルームは脱衣所も含めて八畳ほどと広く、そこには洗面台や洗濯乾燥機も設置されている。私が入浴中に鍵をかければ、彰人がそれらを使いたい時に困るでしょ、と言いたかった。

脱衣スペースはカーテンで仕切ることができるので、鍵をかけなくても裸を見られることもない。彰人が覗こうとしなければ。

バスルームの鍵に関しては、危機感のなさとは別の理由で閉めていないのだと心の中で主張する。

変わらず前を見て慎重に運転している彼なのに、なぜか私が納得していないのが伝わったようで、チッと舌打ちした。

そしてこれならどうだとばかりに、別の責め方をする。

「お前、今日はピンクのレースの下着をつけているだろう」

その言葉に私は目を見開き、服を着ているのに胸元を両手で隠してしまう。

指摘の通りであったからだ。

「なんで知ってるの⁉」と思わず声を荒らげたら、「故意に覗いてないぞ。見えてしまったんだ。だからお前が悪い」と冷静に返された。

今日の日中、たまチョコのシークレットが出た興奮で、私は彰人の寝室に飛び込んだ。その後、十四時半頃に『行ってくる』と彰人は玄関に向かい、私は出かける前にシャワーを浴びようとバスルームに入った。

一方、彰人は、洗面所に忘れ物をしたことに気づいて、履いたばかりの靴を脱ぎ、廊下を戻ったらしい。そしてドアを開けたら……脱衣スペースを仕切るカーテンが半分しか閉められていなかった。

脱衣籠《かご》には無造作にピンクのレースの下着、上下セットが放り込まれていて、それを意図せずに見てしまった彼は、慌ててカーテンを完全に閉めたという説明であった。

確かに彰人は悪くない。けれども「見たとしても、わざわざ言わないでよ。恥ずかしいでしょ！」と非難してしまう。

赤信号に捕まって車は停車し、彼が私に顔を向けた。ニヤリと口角を上げているのは、顔を火照らせて慌てる私を面白がっているからに違いない。

信号はすぐに青に変わり、視線は前方に戻されたが、彼はニヤニヤしながら私をさらなる羞恥《しゅうち》へ追いやろうとする。

「ピンクのレースだけじゃなく、莉子の十組ほどある下着は全部把握してるぞ」

「ええっ⁉」

「この前の休日、お前は乾燥機に洗濯物を入れっぱなしにして外出しただろ。だから俺が――」

その話は衝撃的であった。

彰人は乾燥機を使うために、私の放置していた洗濯物を取り出して、下着は畳んで、ブラウスやスカートにはアイロンをかけてくれたらしい。そして、それらを私の部屋のクローゼットにしまってくれて、その時に収納されていた他の下着も目にしたそうだ。

それを、今教えられるまで気づかなかった私って……。

下着を畳まれたことよりも、男性との同居生活にそこまで気を抜いている自分を恥じて、ショックを受けていた。

「な、隙だらけだろ？」と鼻で笑われても、「はい。その通りです」と素直に頷くしかない。

自己分析として、しっかり者だと思っていたのに、彰人のおかげで危機管理能力が低いと認識を改めた。

そして今後は、意識的にリスクを避けなければと自分に注意を与える。

「同居人が彰人でよかった……」と呟いたのは、彼なら私を襲うはずがないと思ってのことである。

すると彼は一瞬だけジロリと横目で私を捉え、「俺だって――」と言いかける。

しかし、その後は急に咳払いをして、黙り込んだ。

なにかをごまかしたのは明らかで、目を瞬かせた私は、平静を装うその横顔を覗き込むように見る。

「俺だって……なに？　もしかして、私に対して妙な気を起こしたくなる時があるの？」と追及すれば、「あるわけないだろ！」と怒鳴られた。

「なんで俺が、お前みたいなガサツな女に欲情しなければならないんだ。下着は意外と可愛いものを身につけていると思ったが……な、なにを言わせるんだ。おかしな質問をするな！」

対向車のヘッドライトが彰人の顔を照らす。不愉快そうに眉間に皺を刻みつつも、頬は赤く色づいて、怒るというより恥ずかしそうだ。

私は冗談で聞いたのに、真面目に受け取って、彼は明らかに焦っている。

しかも下着をうっかり褒めて、デレるなんて……。

そういうところが私のツボにはまり、彼を可愛く感じて胸がキュンと音を立てた。

嬉しくなった私は調子に乗り、彼からもっとデレを引き出そうとニヤつきながら攻める。

「そういえば成田さんに、彼氏宣言してたよね。本当は私のこと、好きなんじゃないの？」

「あれは、成田が二度とお前に手を出さないようにと考えて言っただけだ。真に受けるなよ」

「ふーん。前に私が遅刻した朝、恋人でもない女を車に乗せないとも言って送ってくれなかったよね。今、私を乗せてる意味は？　一緒に暮らしてたら、俺の女だと思うようになったんじゃないの？」

「アホか。ひと月半後に振る予定の女と交際する気はない」

私に恋愛感情を持っていないのはわかっているので、拒否されても傷つくことはない。むしろムキになって否定されると、私が優位に立っている気分で楽しくなる。

「無理しなくていいよ。私のパンツ見て興奮したんでしょ？　こっそり匂いを嗅いだりしたんじゃないの？」

もっと慌ててデレてほしい。

そう思ってのからかいの言葉に、彼が急に真顔になって黙り込んだ。

怒ったのではなく、どうしようかと考えているような雰囲気で、私は目を瞬かせて戸惑う。

「え……もしかして、本当に嗅いでた？」

「俺は変態じゃない！」

彰人が声を荒らげて否定したら、車は停車した。タワーマンションの地下駐車場に着いたのだ。

エンジンを切った彼は不機嫌そうな声で「さっさと降りろ」と指示をし、私より先に降車する。

続いて降りた私はちょっとからかいすぎたかと反省しつつ、足早に歩く彼を小走りに追いかけ、隣に並んだ。

「ごめんね。怒ったの？」とその顔を覗き込めば、しかめ面のままで目を逸らされる。

そして文句ではなく、今後の私の仕事に関して重要なことを告げられた。

「部署異動願いを書いて提出しろ。成田と同じ部署では、お互いに働きにくいだろう。お前を製品開発部に異動させてやる」

たまチョコにもっと深く関わりたい私は、製品開発部への異動願いを毎年提出してきた。それでも願い叶わず、入社時からずっと営業事務を続けている。

同居を始めて間もない時、彰人に直談判しても『俺を頼るな』と冷たく却下されたのに、許可してくれるの……？

今は異動の時期ではないこともあって、願いを叶えてくれるとは露ほども思っていなかった。その驚きにより、私の足は止められる。

すると彰人も二歩先で立ち止まり、上半身をひねって振り向くと「どうした？」と眉を上げた。

「信じられないというか……え？　本当に異動させてくれるの？」

夢だろうかと危ぶんで自分の頬をつねったが、驚きに感覚を支配されているせいなのか、あまり痛みを感じない。

けれども、彼がプッと吹き出してからニヤリとし、「やっぱり、やめた。そこまでしてやる義理はないよな」と言ったため、ハッと我に返って慌てる。

「義理ならあるよ！　ひとつ屋根の下で一緒にご飯を食べて、同じ洗濯洗剤の香りを纏《まと》わせているという義理が」

「義理というより、同居のよしみだな」と言った彼は、「月曜に届けを書いて、直接俺のところに持ってこい」と指示して私に背を向け、マンションの廊下へと繋がるガラス扉へ足を進めている。

静かで広い駐車場には、百台以上の車が並んでいるけど、私たち以外に人影はない。

「彰人！」と呼びかける私の大きな声が反響し、パンプスを鳴らして駆け出す。そして彼に追いつくと、「大好き！」と叫んでその背に飛びついた。

急に私が抱きついたため、「わっ」と驚いて足を止めた彼だが、逞しい体はぐらついたりしないし、広い背中に頼りがいを感じる。

「俺に惚れたか？」と問う声は嬉しそうだけど、それは彼の企みに添う言葉を私が言ったからであって、私たちの場合、これをきっかけに恋が芽生えることはない。

「ううん、惚れてない。負けたくないもん」

即答すれば、そう言われることがわかっていたかのように彼はククと忍び笑いをする。

「意地っ張りの負けず嫌いめ」

「お互い様でしょ」

そんな口論がおかしくて一緒に笑えば、胸が明るく弾むのを感じた。

彼との同居生活は楽しいと、今なら自信を持って言うことができる。

彰人の隣は居心地がいいのだ。

広い背中は温かく、とても気持ちがよくて……。

『大好き』と叫んだ時から、私の鼓動は高鳴って静まる気配がない。

この甘くてふわふわした気持ちは、どこからくるものなのか……それは彼に恋したからではないと、自分に言い聞かせる。

たまチョコの開発という、長年の夢が叶えられようとしているから、こんなにも嬉しいんだよ……。

そう思い込むことにした。

# 俺のために必死に戦え

成田さんに騙されそうになった日から十日あまりが過ぎた水曜日。

「美味しかった。ご馳走さまでした」と言った私は、ふたり分の食器をキッチンに下げ、軽く水ですすいでから食洗機に入れた。

正面のカウンターテーブルに向かって着席しているのは彰人で、スーツのズボンにワイシャツ、その上にエプロンという姿である。

彼の分まで食器を片付けてあげた私に対し、「おい、お茶」と尊大に言い放つから、ムッとした。その言い方はまるで、長年連れ添った妻に対する夫の如きだ。

「昭和の亭主関白男みたい」と非難したが、「朝食は俺が作ってやったんだ。食後のお茶くらいお前が淹れろ」とただちに反論され、それに対して私がまた言い返す。

「作ってやったって、恩着せがましいな。私が作っても味が濃い薄い、だしの取り方がどうこう文句をつけるから、全面的に任せてるんじゃない。朝から料理教室を開催されて、遅刻するのは二度と嫌だよ」

「減らず口ばかりだな。遅刻したくないというなら、さっさとお茶を淹れろ。茶問屋の娘だけあって、お前が淹れた方がうまいから頼んでいるんだ」

不愉快そうな顔と命令口調で言われても、頼まれている気がしない。

けれども私が淹れるお茶が美味しいと言われたら、口元が緩んで、「もう、仕方ないな」と了承した。

朝食後はコーヒーを自分で淹れて飲むことを日課にしていた彼だけど、先週私が緑茶を出したらすっかり気に入ったようで、それ以来、毎朝緑茶という習慣ができつつあった。

食器棚から取り出したのは、私が自宅アパートから持ってきた小さめの急須。それに、ひとり分の玉露の茶葉を適量入れる。

茶葉はもちろん、私の実家から取り寄せたものである。

次に沸騰させたお湯を湯飲み茶碗に数回移し替えて、六十度くらいまで冷まし、急須に注いだ。

そこで、しばし待つ。玉露の場合は二分ほどと、長めの浸出時間が必要である。

そうすることで旨み成分が引き出されるからだ。

煎茶や、新茶、ほうじ茶や玄米茶なども、それぞれ適切な湯温や浸出時間があり、それを私は熟知している。

茶葉を見れば、最適な淹れ方が自然と頭に浮かぶのだ。

美味しいお茶の淹れ方が、体に染みついているといった方がいいかもしれない。

それはもちろん家業が茶問屋ということで、幼い頃から両親に繰り返し教え込まれた結果であり、その点については感謝している。

いつでも美味しいお茶を自分で淹れて飲むことができるのは、幸せである。

完璧に淹れた玉露を、丸くコロンとした形の可愛らしい湯飲み茶碗に入れて、彰人の前に置く。

キッチンを挟んだ向かいの席では、彼が穏やかな顔をしてお茶を見ていた。

淹れたのはひとり分で、私の分はない。朝食のしじみ汁が美味しすぎて、二度お代わりしたら、お腹がチャプチャプしているからだ。

「どうぞ飲んで。私、メイクしなくちゃ」とキッチンから出て、自分の部屋に戻るべく彰人の後ろを通ろうとしたら、腕を掴まれ、「座れ」と命じられた。

「なんで?」

「俺が飲み終えるまで隣にいろ。そこまでを含めて、莉子の淹れたお茶が飲みたいと言ったんだ」

「それは……」

どういうこと？

まるで私が隣にいないとお茶を美味しく飲めないと言われている気がして、不覚にも胸を弾ませてしまう。

そして、それをごまかすために、「まだ時間はあるし、別にいいけど」と澄まし顔を作って、彼の右隣の椅子に腰を下ろした。

「ああ、うまいな……」

左手の湯飲み茶碗に口をつけ、しみじみとそう言った彰人は、視線を私に流した。

お茶に濡れた唇に、艶めいた流し目。

エプロン姿であっても、その表情は妖艶である。

お茶を飲むのに、なんでそんなに色気を出すのよ……と心の中で批判しつつ、私は心臓を波打たせる。

彼のペースに持ち込まれそうな予感がして目を逸らしたら、テーブルにのせていた私の左手に彼の右手が被せられた。

「この手はなに？」

「小さくて可愛い手だと思って。肌質がスベスベだな」

ニヤリとした彰人が、お茶を楽しみつつ、私の手を弄《もてあそ》ぶ。軽く握ってから撫でたり、ひっくり返して指を絡めるように繋いできたりと、やりたい放題だ。

こんなことをされたら顔が火照りそう。

「や、やめてよ……」と上擦る声で頼めば、クスリと笑われただけで、手を離してはくれない。

「嫌ならやめるけど、違うよな。俺のことが大好きなんだろ？　素直になれよ」

声にまで色気を含ませる彰人は、私の耳元でそう囁いた。

そうか、これはアレだ……と私は気づく。

私を惚れさせようと企む彼は、ドキドキさせて気持ちを乱そうと攻撃をしているのだ。

最近の彰人は、やたらとスキンシップを取ろうとしてくる。

それぞれの寝室に入る前の廊下で『おやすみ』と言って頭を撫でたり、カウチソファに並んでテレビを見ている時に急に肩を抱き寄せてきたり。

成田さんに騙されかけた私を助けてくれたあの夜、部署異動させてやると地下駐車場で言われて、私は喜びが突き抜けた。『大好き！』と叫び、彼の背中に飛びついてしまったことで、この程度のスキンシップなら私は嫌がらないはずだと、彼の中で決めつけた節が窺える。

彰人に触られて嫌だと思ったことはないけど……困る。

私だって年頃の女だから、見た目のいい男性にこんなふうに攻められては、どうしたって鼓動は高鳴る。

けれども、恋愛感情を持ってはならない。

惚れてしまえば彼の思うツボで、期限が来れば私が振られて同居生活は終わり、惨めな敗者となるからだ。

「ずるい……。故意にやってるでしょ？　その手にはのらないよ」

冷静さを装って、彼の企みを追及するような眼差しを隣に向ける。

すると美味しそうにお茶を啜る彼に、鼻で笑われた。

「いつまで強がっていられるかな」

私の胸の高鳴りを見透かしているようなことを言う彼は、飲み干した湯飲み茶碗を朱塗りの茶托《ちゃたく》に戻し、握っていた私の手を離した。

機嫌のよさそうな声で「ご馳走様」と言って立ち上がると、出勤の支度をするべく、リビングのドアを開けて廊下へと出ていく。

その後ろ姿を見送りながら、私は悔しさに唇を噛んだ。

今朝は私の負けかもしれない。

不覚にもドキドキしてしまったし、彰人をデレさせることもできなかった。

こんなふうにやり込められるなら、『大好き』だなんて言うんじゃなかった……。

後悔する私は席を立ち、メイクをしに自分の部屋へと引き揚げた。


ここは社屋の十階にある製品開発部で、時刻は十二時になるところ。

営業部の三分の一の広さしかない室内では、四十人ほどが働いている。

そのうち、私の所属する『たまごんチョコレート開発班』は、たったの八人。

こんなに少人数で大ヒット商品が生み出されているのだから、他部署の社員の目にはやりがいがありそうに映り、そのため開発部への異動願いは毎年多いらしい。

彰人の力がなければ、たまチョコに関わることができずに定年を迎えていたかもしれないと、そこは感謝しつつ、ドアに程近い自分のデスクでノートパソコンに向かっていた。

部署は変われど、私に与えられている業務は、営業部にいた時と似たような事務仕事である。

上司や先輩社員の指示のもとで会議用資料をまとめたり、フィギュアの製作会社に送る依頼書を作成するのが主な業務。その他は、たまチョコに入っている縦二センチ、横五センチほどの小さな説明書に載せる文章も任された。

あとは、消費者からのメールの問い合わせやクレーム対応もする。

今はその仕事をしていて、【箱買いしたのに、深海魚シリーズの八番目のメガマウスが出てこない。本当に入っているのですか?】という苦情への返答を打ち込んでいた。

【ご購入、誠にありがとうございます。各フィギュアの製造個数は、シークレット以外は同じです。ランダムに箱入れしておりますので、同じものが続いてしまうことや、ご希望のものが出てこない場合もあります。そこを含めて、たまごんチョコレートの魅力であると――】

なかなか全種類揃わないから面白いんだよ、という思いを丁寧な文章で返信し終えたら、隣のデスクで軽量粘土をこねている中本《なかもと》主任が、「こんな感じかな」と独り言を呟いた。

彼は丸眼鏡でひょろりと細身の体型をしている三十三歳の男性で、白いワイシャツの上に年季の入ったヨレヨレのエプロンをつけている。それは粘土を触ったり、絵の具で着色したりと、工作するのも彼の仕事のうちであるからだ。

新シリーズのフィギュアを考える際に、ただ紙に書くよりも粘土で試作しながらの方が、いいアイディアが浮かぶ、ということらしい。

私と視線が合った中本主任は、「織部さん、これをどう思う？」と、にこやかに意見を求めてきた。

その手の上で、私の方に向けられた粘土のフィギュアは、振り子の柱時計。まだ着色はされていないが、白いままでもレトロな雰囲気を感じさせる見事な出来栄えであった。

中本主任の器用さに驚くとともに、もうひとつ、ハッとしたことがある。

「これって……私の案を形にしてくれたんですよね!?」と興奮気味に問いかけたら、彼が丸眼鏡の奥の瞳を細めて「そうだよ」と頷いた。

こんなフィギュアがあったらいいなと、子供の頃から書き溜めたノートやスケッチブックを、私は十冊持っている。その中のひとつに、『明治の文明開化シリーズ』というものがあって、どこか日本らしさを残すレトロな西洋風の家具を描いていた。

私の下手くそなイラストが、見事な試作品となって中本主任の手のひらにのっているのは、感動という言葉以外では表せない。

嬉しくて目を潤ませたら、それに気づいた彼がバツの悪そうな顔をして、人差し指で頬をかいた。

「ええと……喜ばせておいてなんだけど、これは形が複雑で生産コストがかかるから、会議に出しても採用されないと思うんだよね……」

商品化はできないと言われて滲んだ涙はすぐに乾き、がっくりと肩を落とした。

そうだよね。ひとつ二百五十円ほどのたまチョコだから、そんなに精巧なフィギュアを入れるわけにいかない。

生産コストか……。

今の私はただのマニアではなく、製作班のメンバーなのだから、もう少し現実的な案を出せるように、頭を切り替えなければ。

そう思っていたら、中本主任が腕時計に視線を落とし、「十二時過ぎたな。織部さん、お昼休みに入っていいよ」と言った。

「はい」と答えた直後に、机上に置いていた私のスマホが短く震える。見れば、【一緒にランチできる?】という茜からのメッセージで、私はホッと息をついた。

憧れの部署に異動できたことはかなり嬉しく、張り切って仕事しているとはいえ、まだ三日目なので緊張は大きい。この部署の女性社員と一緒に昼食を取れるほどに馴染んでもいないし、こうして誘ってくれる茜の存在はありがたかった。

中本主任はエプロンを脱ごうとしていて、他の社員も財布を手に、ひとりふたりと、ドアに向かっていた。

私もお昼に入ろうと、茜にOKの返事をしていたら、後ろから「織部さん」と声をかけられた。肩越しに振り向いた私は、「はい？」と疑問形で答えて面食らう。

私の斜め後ろに、なぜか受付嬢の東条さんが立っているのだ。

彼女は上品な焦げ茶色の長い髪をハーフアップに結わえ、受付嬢だけに許されたオフピンクの可愛らしい制服に身を包んでいる。

開発部に突然現れた彼女に、私以外の社員も注目していて、隣ではエプロンを脱いだ中本主任が頬を赤らめていた。

彼女はファンベル製菓のマドンナなので、その美貌でにっこりと微笑みかけられたら、男性社員は皆、胸を高鳴らせることだろう。

しかし今、彼女が浮かべている微笑みには、総合受付カウンター内にいる時のような朗らかさはなく、どこか挑戦的な感じがする。

社内ナンバーワン美女の東条さんが、なぜか私をライバル視しているのは前々から感じていたけれど、こうして開発部にまで乗り込んでくるとは、全くもって予想外だ。

椅子を立ち、彼女と向かい合った私は、ぎこちない笑みを浮かべて、「なんですか？」と恐る恐る問いかけた。

すると彼女はスッと笑みを消し、周囲にも聞こえるような声で質問する。

「先ほど、ある噂を耳にしました。織部さんが高旗専務の恋人で、同棲されているというのは本当ですか？」

驚きに心臓を大きく波打たせ、目を見開く私は、すぐに返事ができない。

恋人ではないけれど、私と彰人が同居していることがなぜバレて、噂になっているのかと、頭の中で理由を探し始めた。

すぐに思い当たったのが、成田さんだ。

あの日、迎えに来てくれた彰人は私のことを彼女だと言い、自分が専務であることをわざわざ気づかせるような発言をした。それは、二度と私を汚い罠にはめさせないための嘘の交際宣言ではあるが、成田さんは信じた様子であった。

彰人が到着する前に、ルームメイトが迎えに来ると私が説明していたため、同居も知られている。

そうか、成田さんが噂の発生源なんだ……。

あの時、私と彰人の関係を口止めしなかったのは、必要性を感じなかったからで、それはおそらく彼も同じだろう。

専務のプライベートな噂を広めても、成田さんの得にはならない。専務からの印象をさらに悪くするだけだし、なぜそれを知っているのかと誰かに問われたら、私に悪事を働こうとしたあの夜のことを、自ら暴露する結果になるかもしれないのだ。

そう考えて、噂を広めてしまった成田さんは、考えなしのアホだったのかと蔑んだが、言わねばならなくなった彼側の事情も思いついた。

無理やり聞き出されたのかな……。

あの飲み会では、私を口説くと言って、成田さんはカラオケルームから抜け出した。

後日、結果はどうだったのかと、興味津々の三班のメンバーに尋ねられ、彼はきっと困ったことだろう。

『振られてしまって』と、最初はそれだけで話を終わらせようとしたのかもしれないが、間もなくして突然、私に異動辞令が下り、成田さんと離れることになった。

それは極めて不自然で、彼と私の間に一緒に働くことのできないなにかが起きたせいだと、勘ぐられたのではあるまいか。

三班の係長をはじめとした班員十数人から追及された成田さんは、『実は織部さんを口説いていたら、専務が迎えに来て……』と話してしまったのかもしれない。

そして、その噂は三班のメンバーの口から、それぞれの知り合いへと広まったというわけだ。

焦りの中で噂が広まるに至る経緯を推測し、納得して心の中で『そっか……』と呟いた。

目の前にいる東条さんは、なかなか返事をしない私を睨むように見ており、「答えないのでしたら、肯定とみなします」となおも私を追い詰めた。

彰人とは交際関係にないし、同居も二カ月だけなのに、噂されれば働きにくくて困るよ……。

動揺をなるべく態度に表さないように気をつけて、私ははっきりと否定する。

「専務とは交際していません。ちょっとした知り合いだったというだけです。間違った噂がこれ以上広まらないように、協力してください」

目を泳がせたりはしなかったけれど、少々早口になってしまった。

東条さんは訝しむような目に私を映していて、まだ疑いは晴れていない様子である。

交際に関してはきっぱり否定できるけど、同居について追及されたら困るな……。

そう思った私は会話を切り上げるべく、椅子に座り直してノートパソコンに向かう。

「すみませんが、業務中なので」と画面を見ながら彼女に言い、キーボードに指を置いた。

ええと、消費者から寄せられた次のメールは……【食べるのが大変だから、チョコはいらないと思います】と書いてある。

え……。

フィギュアだけ欲しいと言われても、それだとお菓子として売り出せないよ。

うちは玩具屋ではなく、製菓会社だ。チョコをそのまま食べるのに飽きたなら、自分でケーキやクッキーに加工してくれたらいいのに。

でもそれだと、突き放したような答えで冷たい印象を与えてしまうから、苺や抹茶など、他の味のたまチョコを検討中ですと返しておこうか。

その案は、私の異動前に会議にかけられて、否決されたそうだけど。

無理やり頭を仕事へと切り替えた私であったが、後ろに東条さんの突き刺すような視線を感じるし、背中を流れる冷や汗も止まらない。

動揺する心と指ではうまくメールが書けず、【あ】を連打して、それをそのまま消費者に送ってしまった。

ま、まずい……。

「織部さん、明らかに焦ってますよね」と指摘する後ろの声も、かなりまずい。

昼休みに入り、開発部から出ようとしていた社員の流れはピタリと止まっていた。

窮地に立たされる私と、口撃を続ける東条さんに、二十人ほどの視線が注がれていて、四面楚歌の心境である。

けれども開発部の社員は敵ではなく、さっきまでマドンナに頬を染めていた中本主任が、今は私に助け船を出してくれた。

「東条さん、僕らはまだ昼休みではないんだ。これからミーティングを始めるから、業務外の話は退社後にしてもらえないかな」

彼の手には財布とスマホがあり、ミーティングなどないと、きっと東条さんは気づいていることだろう。それでも「わかりました。お騒がせして申し訳ありません」と言って出ていくしか選択肢はない。他部署で仕事の邪魔をしたと非難されれば、社員としての彼女の評価が下がってしまうからである。

コツコツとパンプスの音が遠ざかり、完全に聞こえなくなってから、私はパソコンの画面に向けて大きなため息をついた。

しかし、とりあえずの難から逃れることができて気を緩めかけたのに、今度は中本主任に興味深げに問いかけられる。

「織部さんは、高旗専務の彼女なの？」

「違――」

違いますと言えなかったのは、ぎょっとしたためである。

いつの間にか、室内に残っていた二十人ほどの社員に取り囲まれていた。

「専務の恋人だからか。異動時期でもないのに、おかしいと思ったんだよな」

中年の男性社員がしみじみと呟いたのを皮切りに、みんなが思い思いに口を開く。

「いつから付き合ってるの？」

「同棲ということは、ご結婚は近々ですか？」

「専務は社長の息子だから、玉の輿だな。織部さんの未来は社長夫人か」

焦りを顔に浮かべた私は、左右と後ろを順に見てから、机に両肘をついて頭を抱えた。

ああ、もう……。

みんなの中で私と彰人の交際は決定事項とされ、想像は結婚後にまで及んでいるようだ。

否定している本人がいる場でもこれなんだから、社内のあちこちで交わされる噂話には、どこまで尾ひれがつくことやら……。

机上のスマホが震えて、【莉子、どうした?】と茜がメッセージで問いかけてくる。

「開発部の人だけでも誤解を解かなくちゃ……」

小声で呟いた私は、【ごめん、今日のランチは無理！】と返信し、みんなと対峙するべく、くるりと椅子を回した。

それから半日が過ぎ、二十時頃にマンションへと帰り着いた私は、リビングのカウチソファにぐったりと寝そべった。

夕食を取る気にもなれないほどに疲れているのは、噂の火消しに忙しかったせいである。

誤解だと必死に説明したら、開発部の人たちは信じてくれたようだけど、廊下を歩けばすれ違う人にすぐに呼び止められて、彰人との交際について何度も問いかけられた。他部署の全く話したことのない人にまで声をかけられて、私の周囲はザワザワと落ち着かず、気疲れしてしまったのだ。

球状のライトが高さ違いに三つ吊り下げられた天井照明は、デザイナーズ家具だと彰人が話していたもので、なかなかお洒落である。

それを眺めている私は、「どうしよう……」と呟いてため息をついた。

困っているのは、噂自体だけではなく、そこから展開した厄介な問題も抱えているせいである。

ため息を繰り返し、ぼんやりと三十分が経過した時、玄関ドアが開けられた音がした。いつもより一時間ほど早く、彰人が帰宅したようである。

すぐにリビングのドアが開けられて、ソファの背もたれ側から端整な顔が現れ、寝そべる私を覗き込んだ。

「ただいま」と真顔で言った彼には、噂になっていることをすでにメールで伝えてある。

それに関して返信はなかったが、真面目な顔をキープできずにニヤリとしたところを見れば、この事態に参っている私を面白がっている様子であった。

ソファに身を起こした私は彼を睨むように見て、「なんで交際と同棲を認めたりするのよ！」と文句をぶつける。

すると彼は肩を揺らして笑ってから、偉そうな顔をして言い訳を始めた。

「否定するのが面倒になったんだ。これでお前も、堂々と専務室に足を運べる。隠さなくていいのはお互いに楽だろ」

「は……？　ずっと沽券を気にしてくれていた方が楽なんだけど。用もないのに専務室に行くつもりはないし、西尾さんに絡まれて面倒くさい思いをしそうだから行きたくもない」

実は、一悶着あったのは、昼休みだけではなかった。

十九時頃、退社しようとエレベーターを降りたら、一階には私を待ち構えていた女性社員がふたりいた。ひとりは昼休みに納得させられないままお引き取り願った東条さんで、もうひとりは専務付きの秘書の西尾さん。

エレベーターホールで捕獲された私は無人の社員食堂まで連行されて、『高旗専務はあなたとの関係を認めましたよ。これでもまだシラを切るつもりですか』とふたりがかりで責められたのだ。

怒り口調で事情説明する私を、彰人は楽しそうな目で見下ろすだけであった。

そこには嘘の交際宣言をしたことや、噂を否定しなかったことへの罪悪感は微塵《みじん》もないようである。

「へぇ、それで?」と続きを催促する彼に、私はムッとしつつ、文句を重ねた。

「東条さんは、私ごときが社長の息子と付き合っているのが気に入らないそうだよ。本当は彼女じゃないけどね！　西尾さんは彰人に惚れてるんだって。言わなくても知っているとは思うけど」

東条さんは、専務が社内で恋人を探すとしたら、自分が選ばれるはずだと思っていたらしい。理由は社内一の美人で、男性社員の憧れの的であるからだ。私が彰人の彼女だと聞いた時、彼女のプライドが激しく傷つけられて、昼休みに開発部まで押しかけなければ気が済まなかったそうだ。

一方、西尾さんもなかなかの美人ではあるけれど、私に対峙する理由は東条さんとは違い、純粋な恋心であった。『こんなに尽くしているのに、どうして私じゃなく織部さんなんですか！』と悔しさをぶつけてさめざめと泣き出したから、私は驚いた。

なんでも彼女は、これまでに二度、彰人に告白して振られていたのだとか。

それぞれの悔しさを抱える彼女たちは、さんざん私に文句をぶつけてから、『このままでは納得できないので、こうしましょう』と対決を申し込んできた。

それについては、私が説明しなくても西尾さんから聞いていたようで、彰人は「大和撫子対決、頑張れよ」と笑って言った。

そう、庶民的でガサツなところのあるこの私が、誰が一番日本的な奥ゆかしさと教養のある淑女であるか、という対決を求められたのである。

私が勝てば専務の恋人であることを認めるが、負けたら同棲の解消と恋人を辞退することを条件に出された。

それを言った時の彼女たちは、自信ありげな顔をしていて、私に勝機はないと見ている様子であった。

大和撫子とは程遠い性格をしているし、それを隠すことなく過ごしてきたのだから、見下されても仕方ない。

つまりは、専務の彼女として相応しくないという自覚を私に与えて、自ら身を引く決断をさせようと目論んでの対決の申し込みだと思われた。

「こんな面倒くさいことになったのは、全て彰人が交際宣言したせいだよ」と非難すれば、横柄な彼は鼻を鳴らす。

濃紺のジャケットを脱いだ彼は、それを無造作にカウチソファの背もたれにかけ、片手で器用にネクタイを外している。

スーツのジャケットを見ながら「皺になるよ」と指摘したら、「クリーニングに出すからいい」と彼は答え、鼻歌を歌いながらキッチンへと歩き出した。

「お前、夕食まだだろ。なに食いたい？」と普通の調子で聞いてくるから、私は目を瞬かせる。

「ねぇ、まだ話は終わってないんだけど」

なにを呑気に、夕食の支度を始めようとしているのか。

彰人への文句は追加されて眉を寄せた私だが、エプロンをつけた彼はお構いなしに冷蔵庫を開け、中を覗き込んでいる。

「腹が減ったからすぐにできる簡単メニューにするか。ホイコーローと卵スープ、それと……」

「ねぇってば！」

話を聞いてくれない彼に苛立った私は、ソファから立ち上がる。

すると豚バラ肉のパックを手にした彼が振り向き、フッと笑って驚くことを口にした。

「対決は今月末の日曜日。場所は馴染みの料亭の座敷を押さえてある。茶問屋で育ったお前なら茶道は問題ないとは思うが、華道、着付け、基本的な和食を作れるようにしておけよ。ジャッジはその道のプロと俺がやる。言っておくが特別扱いはしないぞ。真面目に戦え」

はい？　対決の日付と場所は決まっていて、ジャッジは俺がやるって……!?

驚いて冷蔵庫前まで駆け寄り、「やらないよ！」と抗議する。

対決を申し込まれはしたが、引き受けたつもりはないし、なぜ彼女たちと彰人を巡って争わねばならないのかといった心境だ。

『逃げたら、交際を認めませんから』と言われたけれど、もとから恋人ではないのだから、やる意味がないのだ。それなのに、彰人がノリノリで対決のお膳立てをしようとしているのが、理解できない。

すると彼は私の肩を掴んで冷蔵庫の扉に押し付け、豚肉を持っていない方の手を、私の顔の横に突き立てた。

これは、壁ドンならぬ、冷蔵庫ドン……？

強引な攻めに思わず鼓動を跳ねさせたが、負けてなるかと目力を強める私に、彼は拳ふたつ分の距離まで顔を近づけて、ご機嫌な声色で言う。

「俺のために必死になるお前を見られる日が来るとはな。面白いことになりそうだ。恋人の座から転落しないよう、せいぜい頑張れ」

こ、この男は……完全に楽しんでいる。

腹黒く笑う彼に、私は呆れ顔になる。そして、誰が頑張るもんですかという気持ちになり、彼を困らせてやろうと考え始めた。

嫌々だった見合い同様、対決をボイコットしようか。もし無理やり連れていかれたら、戦う前に『私の負けでいいです』と敗北宣言すればいい。

東条さんたちに負けたら、彰人の恋人を辞退することになっているけど、口から出まかせの恋人関係が解消されても私はちっとも困らない。

同居に関しては二カ月やりきる予定でいた。でも、こんな勝手なことをされるなら、それについても即終了で構わない。

企み事は心の中だけで、にっこりと作り笑顔を浮かべた私は、「彰人のために一生懸命、頑張るね！」と張り切ってみせた。

やらないよと今言ってしまえば、説得しようとする彰人との間で口論となりそうで、面倒ください。それに、当日になってから全くやる気がないことを示した方が、より彼を慌てさせることができそうな気がした。

すると、冷蔵庫の扉に突き立てられていた腕が外され、人差し指で彼が頬をかいた。頬はうっすらと赤く色づき、目を泳がせて、急にたどたどしい話し方をする。

「いや……一応、良家のお嬢様であるお前なら、対決内容に困ることはないと思ったんだ。だから、その、必死にならなくても余裕で勝てると、俺は信じている……」

それだけ言うと、彼は私に背を見せて調理台に向かい、まな板と包丁を取り出す。そして、まな板の上に豚バラ肉のパックを置き、発泡容器ごと切ろうとしていた。

明らかに動揺している彼の耳は、茹でダコのように真っ赤である。

「彰人、パックから出して切った方がいいよ」と指摘すれば、彼は「あ……」と呟いて手を止めた。それから慌てたようにラップを剥がし、「そ、そんなことは言われなくてもわかってる」と虚勢を張った。

なにその反応。可愛いんですけど……。

私が彰人のために頑張ると言ったことを真に受けて、急にデレモードに入った彼。動揺しておかしな行動を取り、それから気持ちを立て直そうとツンな発言をするとは、ツンデレのお手本みたいだ。

見事なツンデレを見せつけられた私は、過去最大級に胸キュンしていた。

鼓動が加速して、こっちまで頬が熱くなり、照れてしまいそう。

大和撫子対決をボイコットしてやろうとしていたのに、その思惑は急速に萎《しぼ》んでいき、代わりに『頑張って勝とうかな』と思い始めていた。

彰人のツンデレは、いつも私の胸をときめかせる。

やっぱり、もう少し一緒に暮らしたい……と思いつつ、私も料理を手伝おうと、壁にかけてあるエプロンに手を伸ばした。

大和撫子対決を申し込まれた日から半月ほどが経ち、今日は九月末の日曜日。

対決当日である。

車窓から入り込む十五時の日差しは柔らかく、やっと夏の暑さから解放されたという心持ちで気を抜きたくなる。

助手席で大あくびをした私に、ハンドルを握っている彰人が「おい」と文句をつけた。

「大和撫子が、口元を隠さずにあくびをするな」

「えー、まだ会場に着いてないからいいでしょ」と指摘を受け流せば、ため息をつかれ、「お前、ちゃんと練習したのか?」と訝しむように問いかけられる。

「やったよ。少しね……」

今日の対決は、着物の着付け、生け花、お点前《てまえ》、和食料理の四種目で行われるそうだ。

半月前は彰人との同居を続けたいから、頑張って勝とうと思い、真面目に練習する気でいた。

けれども、生け花は花材を買わないことには練習できない。それで近所の生花店で季節の花や枝ものを見て回ったのだが……思ったより値段が高かった。

花材にかけるお金があるなら、たまチョコを買いたいと思った私は、生花店から出て大手スーパーマーケットへ向かったのであった。

茶道のお点前は、やらなくてもできる自信があり、和食料理はメニューを教えられていないので、なにを練習していいのかわからなかった。

やったことといえば、着物の着付けを一回だけ。

学生時代に母に教え込まれた知識はまだ忘れずに頭に残されていて、すんなり着ることができたので、それでいいものとした。

練習は『少し』と答えた私に、彰人は前方に視線を向けたまま、面白くない顔をする。

「俺に対する熱意が足りない」と独り言のようにぼやいた彼に、そりゃそうでしょと口に出さずに反論した。

私は本物の彼女ではないからだ。

同居は楽しいからもう少し続けたいと思い、この対決に挑む気でいるけれど、よく考えれば、あと二十日ほどで二カ月の期限が来る。

彰人と離れるのが寂しくて、自宅アパートに帰りたくないと思わないよう、彰人の前ではあえてあっさりとした態度を取り、心を揺らさないように気をつけていた。

熱意が足りないと言われてしまうのは、そのせいだろう。

「たぶん大丈夫だよ」と私が適当な返事をしたら、車は立派な門構えの料亭に到着した。

降車したら、すぐに門の内側から従業員の男性が出てきて、その人に車を預けた。

ラフなワンピースにジャケットを羽織っただけという格好の私と、いつもと変わらず凛々しいスーツ姿の彰人は門を潜り、飛び石のアプローチを歩いて建物内に入る。

二階建ての純和風建築の料亭は、歴史を感じさせる古い建物ながら、床板が軋むこともなく、隅々まで手入れが行き届いて磨き抜かれていた。

一千万円は下らないと思われる陶磁器や、著名な日本画家の作品が飾られて、ロビーはちょっとした美術館のようである。

格式高そうなこの料亭を、彰人は『馴染みの』と言っていた。

一緒に暮らしていたら時々忘れそうになるが、彼はいいところのお坊っちゃまなのだと認識を新たにし、笑顔で迎えてくれた女将に連れられ、廊下を奥へと進んだ。

「こちらでございます」と案内された部屋は、【紅葉の間】と書かれていた。

その襖《ふすま》を開けて足を踏み入れた私は、目を瞬かせる。

二十畳ほどもある広い和室には、対戦相手の東条さんと西尾さんが先に到着して、私を待っていた。

ふたりは襖から三メートルほど離れた座敷の中程に正座して、なにかをヒソヒソと相談していたようだけど、私に気づくと睨むような視線を向けてきた。

戸惑ったのはライバル心剥き出しの彼女たちではなく、その後ろに座っていた女性に関してである。

立ち上がって私に駆け寄ったその人は、ピンクの膝丈フレアスカートと、ヒラヒラしたブラウスを着た小南ちゃん。営業部で見目好い若い男性社員に声をかけまくり、成田さんのことも狙っていた、あの〝粉かけ小南ちゃん〟である。

「なんでいるの？」と率直な疑問をぶつけたら、なぜか私の手を両手で握って大きく上下に振り、はしゃいでいる雰囲気の彼女が笑顔で文句を言う。

「同じ営業事務だった仲なのに、こんな素敵な対決があるって、どうしてメールしてくれないんですか。勝ったら専務とお付き合いできるんですよね。参加申し込みに間に合ってよかった。私、頑張っちゃいます！」

「……は？」

小南ちゃんは、この対決の噂をどこかで聞きつけ、参加する気でいるようだが、一体誰に申し込みをしたのだろう。

なぜか勝者が彰人の恋人になれると誤解しているようで、それも疑問である。

ただひとつ理解できたのは、彰人は性格は悪いが顔とルックスは抜群で、お金持ちの御曹司であるから、玉の輿に乗れる大チャンスだと小南ちゃんなら張り切りそうだということだ。

「織部さんには新人指導をしていただいてお世話になったけど、負けませんよ。恨みっこなしの真剣勝負です！」

テンション高めにそう宣言した彼女に、「頑張って」のひと言で会話を終わらせた私は、握られていた手を静かに解く。

そして視線を座敷の奥の障子のある方に向けて……ぎょっとした。

障子は開放されていて、美しい日本庭園が望める内縁に、座布団が二列に並べられ、観客が座っているのだ。

いや、応援団と言った方がいいだろうか。

「織部さん、頑張れ！」と声をかけてくれたのは中本主任で、他にも開発部たまチョコ班のメンバーが三人いる。

専務とは交際していないと説明し、納得してくれたと思ったのに、ここにいるということは信じてもらえなかったようである。

秘書課からは女性社員がふたり来ていて、西尾さんの応援だと思われた。

さまざまな部署の男性社員十人ほどは、【玲奈《れな》】と東条さんの名前が書かれた揃いのハチマキを締めているので、彼女の親衛隊といったところだろうか。

そして小南ちゃんの応援には……誰も来ていないようである。

観客がいることに驚いていた私だが、それだけでは終わらない。

開け放してある障子の陰からひょっこりと顔を覗かせた人物がふたりいて、それを目にした私は、思わず「はあ⁉」と声を荒らげてしまう。

訪問着姿の母と、スーツをビシッと着込んだ父であった。ふたりは満面の笑みを浮かべて、私に手を振っている。

「どういうこと⁉」と彰人に振り向けば、後ろ手に襖を閉めている彼が、ニヤリとして言った。

「俺が呼んだ。娘が恋愛事に努力している姿を見せれば、安心するだろうと思ってな」

「こっちは不安だらけだよ！　そんなことされたら……」

両親には、彰人と同居していることはもちろん、ファンベル製菓に勤めていることも話していない。その理由は、お茶を手土産に会社に押しかけ、『由緒正しき織部家のひとり娘ですので、よい対応をお願いします』と上から目線で上司に挨拶しそうな気がしたからだ。

勝手に両親に接触されていたことに焦り、ファンベル製菓に勤めていることを話してしまったのかと確認したら、彰人は「もちろん」と楽しそうに答えた。

「お茶を持って、会社に挨拶に来たぞ」

「や、やっぱり……」

「俺がひとりで対応した。他の社員はお前の家のことを知らないから安心しろ。それを気にして勤め先を隠していたんだろ？　それなら問題ない」

そう言われて、私は首を傾げてしばし考える。

確かに彰人にだけなら、挨拶されても構わないかと思い直していた。

私が逃げた見合いの日に、うちの両親と彰人は顔を合わせていて、織部家に関することはすでに知っているのだから。

しかし、まだ安心はできない。

「同居については？」と小声で問えば、彼は口の端をつり上げ、意味ありげに笑う。

私の焦りを楽しんでいるようなその笑い方を見て、同居に関しても報告済みであると悟った。

驚き呆れて言葉の出ない私に、彰人はフンと鼻を鳴らした。

「織部家の大事な娘を預かっているのに、挨拶しないわけにはいかないだろう。互いを知るために同居を始めたから、温かく見守ってほしいと話しておいた」

確かに彼の言うように、この同居は、お互いの性格までを知ろうという目的で始まった。

しかし、それは交際や結婚には繋がらず、二カ月後に終了することが前提である。

『お前を俺に惚れさせて、冷たく振ってやる』と言われたことは、まだ記憶に新しい。二十日後には同居人という今の関係が終わるというのに、なぜ話してしまうのかと、非難の気持ちが湧いていた。

肩越しに振り向いて両親の方を見ると、障子の横から熱い視線を送ってくる。

ああ、これはもう、完全に期待が膨らんでしまっているよ。娘がついに御曹司と結婚し、婿殿の金銭的な援助をもって茶問屋の経営を立て直せるという、夢物語が……。

ひと言の相談もなく、勝手なことばかりする彰人に呆れていた。

やる気はさらに減退し、その状態で大和撫子対決の火蓋が切られる。

一回戦目は、着物の着付け。

私と対戦相手の三人は、襖で仕切られた隣室へ移動した。そこは八畳ほどの和室で、私たちの他には誰もいない。

対決前の準備として、洋服を脱いだ私たちは、和装の下着である肌襦袢《じゅばん》を身につけ、その上に着物と同じ形をした白い長襦袢を着る。

うら若き私たちが、下着からの着付けを披露するわけにはいかないためである。

いち早く長襦袢までの着替えを終えた私が、うまく着られずに困っている小南ちゃんを手伝っていたら、西尾さんが「手慣れていますね。かなり練習されたんですか?」と話しかけてきた。

その声には緊張と焦りが感じられた。

「練習は一度だけ」と私が正直に答えれば、西尾さんは安心するどころか警戒心を強めた顔をして、「普段から着物を着る習慣があるということですか……」と悔しそうに呟いている。

最近は見合いの話もないし、着物を着る習慣はないと答えようとしたのに、東条さんが私たちの会話に割り込んできて、「信じたら駄目」と西尾さんに注意した。

「きっと私たちを焦らせて、失敗させる作戦なのよ。織部さんの言葉に振り回されないよう、気をつけて」

まるで私が卑怯な企み事をしているように言われたが、正々堂々と戦うつもりでいる。

というより、彰人が勝手なことばかりするから、少々気分を害していて、頑張らずに適当に終わらせようとしていた。

東条さんの非難の言葉に、『振り回されてるのは、こっちだよ』と心の中で反論する。

ムッとした私が小南ちゃんの腰紐を結んでいると、「着物って難しいですね。織部さんがやると綺麗だから、全部やってもらいたいな」と彼女が甘えてきた。

つい面倒を見てしまうのは、彼女の新人時代の指導役であった癖なのか。

長襦袢を着せ、着崩れ防止の細帯である伊達締めを胴に巻きつけ、ぎゅっと締めてあげたら、彼女が「グエッ」と苦しげに呻《うめ》いていた。

私たちが着替えを終えて再び隣の広い座敷に戻れば、応援席からワクワクとした興味本位の眼差しを向けられ、面白い戦いを期待する拍手が湧いた。

上座には、審査員席が設けられている。

横長の座卓に一列に並んで座っているのは、四人の見知らぬ中高年の男女と、彰人である。『ジャッジはその道のプロと俺がやる』と言っていたので、四人はきっと、彼が連れてきた専門家なのだろう。

彰人は真ん中に座っていて、彼の右隣の小柄な初老の女性が、着付けのプロだと思われた。

背筋がピンと伸びて、着物姿の美しい婦人は、ルール説明を始める。

「お着物はそちらに並べてありますものの中から、お選びいただきまして――」

出入口の襖側に置かれた長テーブルには、着物が三十着ほども積まれている。

振袖、訪問着、色留袖まであり、帯も種類や色柄さまざまに、数十本並べられていた。

なにを選ぶのかも審査のうちに含まれる、という話であった。

「それでは始めてください」と言ったのは彰人で、その真面目くさった顔に、私は心の中で指摘を入れる。

無意味な対決なんだから、変な緊張感を作ろうとしないでよ。本当は面白がってニヤニヤしたいのを、我慢しているくせに……。

この戦いに対して真摯な姿勢を装っている彼に呆れていたら、出遅れてしまう。

他の対戦者は長テーブルの前に移動して、着物選びを始めていた。

東条さんは辻が花という、古典的で上品な柄の赤い中振袖を手に取り、西尾さんは薄い水色に牡丹《ぼたん》の柄の訪問着に決めたようだ。

東条さんの判断は、間違いないように思える。年配の女性審査員を意識しての、選択であるような気がした。

訪問着を選んだ西尾さんも、間違いではないだろう。未婚女性だから必ず振袖を着なければならないものではないし、訪問着は相手に失礼のないフォーマルな着物である。二十九歳の西尾さんは対戦者の中で最年長で、大人っぽい顔立ちでもあるから、振袖よりも似合う気がする。色や柄も、知的な彼女の雰囲気を引き立てるものであった。

そして小南ちゃんは……。

観客席から失笑されても気にする様子のない彼女は、黒地にピンクと白いバラの花が描かれた大振袖を選び、「可愛い！」とはしゃいでいる。

洋風な絵柄の振袖はラメ入りの生地で、襟や袖口にはレースまであしらわれ、ギャルが成人式に選びそうな奇抜な着物であった。

審査員は伝統やしきたりを重んじそうな、初老の女性である。きっと審査員受けしないから、やめた方がいいと、小南ちゃんに教えてあげたくなったが、思い直してやめた。

それは敵に塩を送るのが嫌だという思いではなく、場の空気を読もうとしない、彼女のその自由さがありがたいと感じていたからである。

小南ちゃんがいてくれてよかった。この対決の雰囲気を、馬鹿馬鹿しいものに変えてくれるから……。

最後に着物選びをした私は、生成り色の地に白と朱色の小菊が描かれた訪問着を手に取った。色と柄が私の好みに合っていたということと、着物のままで四回戦までを戦うことになるので、振袖ではない方が動きやすいと考えたためである。

着物を決めたら、それぞれに与えられた姿見の前で着付けに入る。

娘の玉の輿を狙う両親の、「莉子、頑張れー！」という熱い声援が聞こえる。

それにやる気を削られながらも、長襦袢の時と同様に、最初に着終えたのは私であった。

早かった理由は、帯を二重太鼓というシンプルな結び方にしたせいもある。

左隣の東条さんを見れば、文庫結びの上に、花びらのようなヒダを寄せた変わり結びをしていた。

振袖ならば華やかな結び方の方がいいのかもしれないが、変わり結びができることをアピールしたいという思惑を感じる。ただし悪戦苦闘している様子が、着物に慣れていないということも暴露してしまっていた。

右隣の西尾さんは、私と同じ帯の結び方をして、二番目に早く着付けを終えていた。そつなく綺麗に着たように見える。

そして私の後ろでドタバタしているのは、やはり小南ちゃん。

「織部さーん」と甘えた声で助けを求められ、「もう」と不満を口にしながらも手伝ってしまう私は、お人好しなのか。

対決であるのに、彼女を生徒に、着付け教室を開催してしまった。

「小南ちゃん、いい？　着物はね、裾線、襟元、おはしょり、おくみ線に気をつければいいんだよ。まずは襟先持って、裾線を合わせてごらん」

手取り足取り教えてあげて、なんとか振袖を着せることはできたが、問題は帯である。小南ちゃんは、「ひらひらと可愛くて、目立つ結び方にしてください」と図々しくも注文をつけてきた。

「教えてあげるから、自分でやるんだよ」と叱りつつ、希望に添う蝶文庫結びを指導する私であったが……どうして、そうなる。

「キャー、織部さん。クルクルしちゃうんですけど、どうしたらいいですかー？」

困っているのか、それとも楽しんでいるのか。

はしゃいだ声をあげる小南ちゃんは、帯端を持ってあげている私に向け、胴に帯を巻きつけながら近づいてくる。

「違うから」と私が冷めた指摘をすれば、今度は逆回転で遠ざかっていった。

観客席からは笑いが起こり、「さすがは小南ちゃん！」という褒め言葉なのかわからない声援も飛んでいた。

みんなを楽しませようというパフォーマンスであるなら成功だと思うけど、このままではいつまで経っても彼女の着付けは終わらない。

「私がやってあげてもいいですか?」と審査員席に問えば、着付けのプロの女性は呆れ顔で頷いた。

その隣の彰人は、片手で口元を押さえ、吹き出さないようにこらえている様子であった。

どうせなら大笑いすればいいのにと、私は迷惑顔を彼に向けて、口に出さずに文句を言う。

そしてこの対決を、アホな余興にすればいいじゃないか。

そうすれば勝敗がどうであれ、あと二十日ほどは一緒に暮らせるのだから……。

小南ちゃんの帯を手早く締めてあげて、一回戦は終了する。

審査員の女性が私たちに歩み寄り、立ち姿の前後、脇まで隈なく確認し、審査員席に戻っていった。そして彰人に顔を近づけて、なにやらヒソヒソと相談している。

彼の意見も聞いた後で、その女性は、机上に置かれていたプラスチックの白い札を上げた。それには【六】と数字が書かれている。

「東条さんは、六点ですわね。着付けに時間がかかったことと、その変わり結びが、四点減らした理由でございます」

未婚といえども二十七歳の彼女なので、子供っぽい結び方をするのはよろしくない、という講評であった。

私たちは一列の横並びで正座して、結果を聞いている。

私の左隣に座る東条さんは、自分がアピールしようとしていたところを減点されたためか、悔しそうに唇を噛んでいた。

「次は西尾さんですが……」と言って、審査員の女性は八点の札を上げた。

私の目には綺麗に正しく着付けたように映ったが、プロの採点は厳しい。

裾が五ミリほど短いことや、背中心のわずかなズレ、帯を結び終えたら外してしまう仮紐の扱い方にまで、基本と違うと指摘を入れていた。

西尾さんは残念そうに俯いて、肩を落としている。

きっと練習を重ねてこの場に挑んだであろう彼女に思わず同情し、慰めたくなった私であったが、「織部さん」と名を呼ばれて、前を向くしかなかった。

審査員が私に対して上げた札は、十点。満点評価だ。

「なにも指摘する点はございません。大変手際がよく、美しく着ていらっしゃいました。着付けを終えた後に、仮紐やクリップをすぐに片付けたところも、拝見していて気持ちのよいものでした」

手放しで私を褒めた婦人は、それから満足げな笑みを浮かべると、満点を与えた決め手を説明した。

「なにより、よい着物を選ぶ目を持っていらっしゃる。本当によくできた娘さんですこと」

十点の札で口元を隠して、オホホと上品に笑う初老の婦人。

それを見て、よい着物を選んだと褒められたことに引っかかりを感じていた。

私が選んだ訪問着はそこそこの値段はしそうだけど、特別に高価なものには見えないし、他のどの着物も素敵であったのに。

選んだ理由は好みであったからという以外にはなく、私が目を瞬かせていたら、彰人と視線が合った。

彼はにやけそうなのを咳払いでごまかして、真面目な声で言った。

「鶴亀《つるかめ》呉服店の奥様の評価と、私も同意見です」

その名前を聞いて、私はハッと思い出した。

あれは一週間ほど前のこと。リビングのカウチソファでくつろいでいた私に、彰人が近づいてきた。

『お前はどれが好みだ？』と見せられたのはタブレットで、鶴亀呉服店のホームページが開かれていた。

そこに載せられていた数点の訪問着の中から、私は生成り色をして小菊の柄のものを選び、指差した。

小菊は秋に相応しく、控えめな美しさを感じる。生成り色の生地も明るい印象で、着るとしたらこれがいいと思ったのだ。

『ふーん』と彰人が答えて、着物についての会話はそれで終了する。その後、彼はすぐにリビングを出て、書斎へと引き揚げた。

なんだったのだろうと思いつつも、私の興味はすぐに手元にある開封途中のたまチョコに向けられた。

それっきり、着物のことは忘れていたのだが、今日はあの時に見せられた訪問着を、無意識に選んでいたみたい。

どれが好みかという彼の質問の狙いは、ここにあったのだ。

おそらく並べられていた着物の中で、鶴亀呉服店が提供したものは、私が着ている一着のみ。呉服店の奥様は、自分の店の商品を贔屓《ひいき》目で見るに違いないし、それを選んで着てもらえたら、嬉しくなって評価を上げたくなるだろう。

私の十点満点のうち二点ほどは、彰人の策略によるものではないかと勘ぐっていた。

観客席からは開発部の仲間たちの拍手が湧き、うちの両親は手を取り合って、早くも涙ぐんでいる。

「莉子には嫌がられたけれど、小さい頃に無理やりしつけたことは、無駄ではなかったのね！」と、母は自分の子育てを肯定して、成果を喜んでいた。

一方、私は顔を曇らせる。

ズルした気分で、勝っても嬉しくない……。

そう思って両親から目を逸らしたら、右端に座っている小南ちゃんが膝立ちし、

「私の評価は!?」と大きな声で審査員に尋ねた。

一回戦の勝者が決まったような空気が流れたので、きっと彼女は焦ったのだろう。

しかし呉服店の奥様に、答えるのも馬鹿らしいというような大きなため息をつかれ、

「評価に値しません。あなたは自分で着ていないでしょう」と厳しい言葉をかけられていた。

頬を膨らませた小南ちゃんは、間に西尾さんを挟んで、私に文句を言う。

「織部さんが全部やっちゃうから、点数もらえなかったじゃないですか」

この子をどうしてあげようか。

私が着せた振袖を、今すぐ脱がしてもいいだろうか？

理不尽な苦情に腹を立てた私であったが、口論するほどの元気はなく、呆れのため

息ひとつでスルーすることにした。

視線を前に戻せば、審査員席にいる彰人が、楽しそうな目を私に向けていた。

その後、積まれた着物や姿見などが撤収されると、二回戦目の、生け花対決に使用される道具が運び込まれる。大量の花材と、何種類もの花器、鋏や剣山、花留などである。

それらは審査員席と私たちの間に敷かれたシートの上に並べられて、準備が整うと、彰人の左隣に座る生け花の専門家が笑顔で口を開いた。

「皆様、ごきげんよう。華道家の偽屋崎《にせやざき》でございます」

その名前を聞いて、私はハッと気づく。

縁なし眼鏡をかけ、明るい茶色の髪を肩まで伸ばし、花柄のシャツに濃い紫色のスーツを着た中年男性は、数々の個展や華道教室を開催し、世界的にも活躍している巨匠。テレビ番組にも多数出演し、みんなに〝偽屋崎先生〟と親しみを持って呼ばれている有名人であった。

一体、彰人とどんな繋がりがあるのだろうと思いつつ、先生のルール説明を聞くが、制限時間は二十分ということだけで、自由に生けてくださいとのことだった。

「皆様の胸に秘めたる想いが溢れ出るような、素敵な作品を期待しております」

どこか女性っぽさのある口調で説明が終わると、私は目を閉じて考えに沈む。

胸に秘めたる想いを生け花で表せということならば……型破りかもしれないが、思いきりやってみようか。

今、この胸にあるのは、無意味な対決への不満である。それと、勝手にうちの両親まで呼んで、ひとりだけ楽しそうにしている彰人への文句も溜まっていた。

それらの想いを、作品にぶつけてやろうじゃないの。

東条さんと西尾さんは、両手で持つことができる程度の大きさの、お椀型の花器を選んでいた。それに生ける花や枝ものを、大量の花材の中から、迷いつつ手に取っている。

小南ちゃんは、正方形の平皿のような花器を、自分のスペースに運んでいた。そして、「いいこと思いついちゃった！」とご機嫌な様子で、白やピンクの小菊ばかりを両腕一杯に集め始めた。

一方、私は花器を選ばない。二畳分ほどの大きさの、黒塗りの花台の上に、直接生けることにする。

花材でまず選んだのは、私の胴のふた回りほども太い、丸太の流木である。

朽《く》ちて中は空洞になっているとはいえ、その重量は結構なもの。それを自分のスペースまで引きずるようにして運び、チェーンソーを使って切ろうとしていた。

正座してパチンパチンと花鋏で小枝や茎を切っていた対戦相手の三人は、大きなチェーンソーの音に驚いて体を震わせ、観客席もどよめいている。

彰人も唖然《あぜん》としているが、偽屋崎先生だけは嬉しそうな目で、私のやることを見守ってくれていた。

チェーンソーが道具として用意されていたのだから、使っていけないということはない。

太い丸太を見事に真っぷたつに切り終えた私が、切り株のようになったものを花台にのせたら、観客席から拍手が湧いた。

東条さんの取り巻きの男性社員にまで「織部さん、かっこいい！」と声をかけられたが、これくらいで感心してもらっては困る。

大振りの紅葉の枝やススキ、ナナカマドに大菊などを持ってきて、中が空洞になっている切り株に次々と挿していく。

剣山などでは間に合わない。針金を使って枝を留め、テープや接着剤で倒れないように固定した。花を生けるというより、大工か庭師のように力仕事であった。

自分の背丈以上の、天井まで届きそうな大作を完成させたら、ちょうど制限時間になる。

座敷の真ん中には私の巨大な作品がどんと構えていて、審査員席から飛び出してきた偽屋崎先生は、ぐるりと周囲を回って作品を鑑賞しながら興奮していた。

彰人に相談することもなく、すぐに十点満点の札を上げ、私の正面に立つと、まくしたてるように評価した。

「十点では足りないほどの出来栄えです。なんて素晴らしい作品でしょう。魂が揺さぶられるほどに感動しました！」

枝の伸ばし方や曲げ方、空間の取り方が絶妙なのだそうで、大菊の配置は計算され尽くし、どこから見ても美しいと絶賛された。

講評を止められない様子の偽屋崎先生は、再び作品の周囲を動き回りながら、「大胆で迷いがなく、集中して生ける織部さんの姿には、日本女性の芯の強さを感じました」とまで言って、私を褒めた。

それを聞いた観客たちは盛り上がり、私に拍手喝采《かっさい》を浴びせる。うちの両親は抱き合って涙を流し、まるで玉の輿婚が決まったかのような喜びようだ。

ひとり戸惑う私は、作品の横に立って笑顔を引きつらせる。

どうしよう。偉業を成し遂げたような空気になってしまったけど、ただ、鬱憤《うっぷん》を晴らそうとしただけなのに……。

興奮冷めやらぬ中、東条さんと西尾さんの作品も審査される。

ふたりとも、床の間に飾っておきたくなるような、雅《みやび》で品のある素敵な作品だった。しかし、私の大胆な生け花を見た後では物足りなく感じたのか、偽屋崎先生はこう評価した。

「おふたりはきっと、お利口さんの優等生なのね。とても綺麗ですけど、つまらないと思います」

両者につけられた点数は同じで、三点という厳しい結果。

どこがまずいというのではなく、私に十点しか与えられないのなら、彼女たちはそれくらいになってしまう、ということであった。

自分の作品を前に正座しているふたりは、恨みがましい目で私を睨んでくる。

私が採点したわけじゃないのだから、そんな殺気立った目をしないでよ。

文句を言いたいのなら、大胆な作品が好みらしい偽屋崎先生を連れてきた彰人にぶつけてという思いでいた。

そして、やはりと言うべきか、小南ちゃんが座敷の片隅で「私の作品も見てください！」と声を張り上げる。

偽屋崎先生は作品を前に横座りしている小南ちゃんに歩み寄り、微笑んで頷いた。

それから「努力賞……いえ、努力しましょう」と言って、採点せずに踵《きびす》を返す。

「なんで!?」とショックを受けている様子の小南ちゃんだけど、点数をもらえないのは仕方ないと思う。

正方形の平皿に、茎を落とした小菊がびっしりと敷き詰められている。

白とピンクの二色の菊を使って、なぜか桜の花を描いており、素人にも『それは生け花ではない』と言われそうな作品であった。

審査員席に戻っていく偽屋崎先生の背中を目で追っていたら、声を押し殺すようにして笑っている彰人に気づいた。

目に涙まで滲ませて、『そんなに?』と問いかけたくなるほどに面白がっている。

もし、彰人を楽しませている理由が、小南ちゃんの自由奔放さだとしたら……。

そう考えて、私の中に不愉快な思いが込み上げる。

肩越しに振り向くと、口を尖らせている小南ちゃんがいて、採点をもらえなかった彼女を羨ましいと思ってしまった。

私の巨大な生け花は簡単には動かすことができず、そのままにして、三回戦が始まる。

茶道は、茶問屋の娘である私にはお手のもの。

東条さんと西尾さんも相当練習してきたと見え、正しい作法で完璧にお茶をたてることができていた。

もてなされるのは、有名な茶道教室の師範だという審査員と彰人で、彼女たちそれぞれに九点という高い点数をつけていた。

東条さんも西尾さんも、ホッとした様子である。

「牛乳ください」と言って抹茶ラテを作ってしまった小南ちゃんは、またしても点数をもらえずにふてくされていて、そして最後にお茶をたてたのは私であった。

日常的な急須で淹れる煎茶と同じくらいに、茶筅《ちゃせん》を用いて抹茶をたてる茶道も、私にとっては自然にできることである。

私のたてた抹茶を飲み、茶碗を置いた審査員の中年女性は、「結構なお点前でございました」と言って微笑んだ。

それが心からの言葉であることは、思わず漏れた感嘆の息にも表れている。

湯を沸かした鉄釜の前に座す私の斜め向かいに、彰人が正座している。

満足そうな顔をしている彼も、私を評価する。

「東条さんと西尾さんも上手にお茶をたてていたと思いましたが、私には織部さんのお茶が一番美味しく感じられました」と好青年を装った口調で褒めてくれた。

私に与えられた点数は、この種目も満点である。

彰人は、私が彼と同居を続けたくて戦っていると思っているのだろう。

半月ほど前に、『俺のために必死になるお前を見られる日が来るとはな』と言っていたし、今、私に向けられている彼の眼差しは、よくやったと言いたげな、上から目線の偉そうなものであった。

観客席からの拍手と、嗚咽《おえつ》交じりに私の名を呼ぶ両親の叫びを聞きながら、面白くない気持ちで床の間の掛け軸に視線を移した。

言っておくけど、私は頑張ったつもりはないからね。特に練習もしていないし、別に彰人のために絶対に勝とうと意気込んでいるわけでもない。

だから、私が彼に恋しているのだと、勘違いしないでよね……。

強がりの文句を心の中で呟きつつも、これでもう少し同居が続くことにはホッとしていた。

対戦種目四つのうち、三つで私が勝ったのだから、最後の和食料理対決はやらなくていいものだと思っていた。

しかし、「それでは四回戦めの準備を始めましょう」と彰人が言ったので、驚いて視線を彼に戻す。

なぜ?という思いから、眉を寄せて見つめれば、ニヤリとした彼が立ち上がり、この座敷にいる全員に向けて言った。

「三回戦までを織部さんが勝ちましたが、他の対戦者の方々もよく頑張ってくれました。その努力をたたえ、四回戦めを行います。そして和食料理対決には、四試合分の勝ち星を与えることにします」

つまり……次の戦いで一位を取った人が、大和撫子対決の勝者ということ?

これまでの三試合の意味がなくなるじゃない!

東条さんたちは喜んで、観客席は騒《ざわ》めき、うちの両親はハラハラした顔つきになっている。

茶道具の撤収と料理対決の準備が始まったが、私はその場から動くことができず、座ったまま唖然として彰人を見ていた。

すると彼が私に歩み寄り、口の端をつり上げて言い放つ。

「これで終わったら面白くないだろ。愛しい男のために、もっと必死になって頑張れ」

「だ、誰が愛しい男なのよ!」

慌てて立ち上がった私は、調子に乗る彼を睨んで反論したが、ククククと意地悪く笑われただけで効果はなかった。

彼はそのまま背を向けて、優雅な足取りで審査員席に戻っていく。

そのスーツの背中を見つめながら、私は唇を噛みしめていた。

私の料理の腕前が大したことないと知っているくせに、どうしてあんなルール変更をしてしまうのか。

口では頑張れと言いつつも、本当は私に負けてほしいの？　同居生活が面倒になって、もうやめたいと思っていたのかな……。

胸にチクリと痛みを覚えて、寂しい気持ちになる。

それはなぜかと考え始めたが、答えにたどり着かないうちに四回戦めが始まってしまった。

座敷には長テーブルをふたつ繋げた簡易調理台が設置され、それが対戦者各自に与えられた。

調理台の上には卓上コンロとまな板、包丁や鍋などの調理器具が置かれ、食材は別のテーブルに山ほど積まれて並べられている。

審査員は和食料理の巨匠と呼ばれる初老の男性で、白い作務衣《さむえ》のような服を着て、板前帽子を被っていた。

一見して優しそうな顔をしているけれど、どうだろう。甘い採点をしてくれないかな……。

これまでと違い、私は不安を抱えながら割烹着を着て、調理台の前に立ち、ルール説明を聞いている。

緊張しているのは、まだ対決のメニューを聞かされていないためでもあった。

難しい料理を作れと言われたら、甘い採点を期待するどころか、完成させることもできないかもしれない。

普段、手の込んだ料理をすることはないので、全くといっていいほど自信はなかった。

鼓動が嫌な音を立てる中、審査員席の向かって右端に座る和食の巨匠は、「卵料理を作っていただきます」と言った。

卵をメインとした和食であれば、なにを作ってもいいという話である。

それなら、なんとかなるかもしれないと、失われかけていた自信が少しだけ戻ってくるような気がしていた。

難しい料理じゃなくてよかった……と安堵した私であったが、よく考えればここは調理場ではなく座敷なのだから、簡単に作れるものでなければならないはずだ。

水道も使えないし、畳が汚れてしまいそうな大掛かりで手間のかかる課題を出されるはずはなかったのだ。

「始め」の合図で、私たち四人は食材ののせられたテーブルに集まった。

自信が戻ったとはいえ、まだ半分にも満たない。そのため、他の三人が食材を選ぶ様子が気になり、盗み見してしまう。

西尾さんは卵の他に、銀杏に三つ葉、椎茸などをトレーに入れているので、どうやら茶碗蒸しを作るようである。

小南ちゃんは、「私、料理大好きなんですよ。いいお嫁さんになれます」と独り言を言って張り切り、挽肉に玉ねぎ、人参、なぜかトマトケチャップやチーズを選んでいた。

もしやオムレツでも作る気なのかと、私が目を瞬かせたら、隣に立つ東条さんがクスリと笑ったので、そちらに気が逸れた。

「ぼんやりして、いいの? 制限時間は四十分しかないのよ」と声をかけられる。

「まだなにを作ろうかと迷っていて……」と正直に話したら、彼女を喜ばせてしまった。

「織部さんは料理が苦手なのね。私は料理教室に三年も通っているのよ。和食にも自信があるわ」

「そ、そうなんですか……」

敗戦の予感に焦る私の目には、彼女が選んだ食材が眩しく映る。

トレーの上には、小海老、イクラ、ホタテ、スナップエンドウに椎茸、オクラなど、二十種類以上ものっている。

こんなにたくさんの食材でなにを作るのだろうと思い、尋ねたが、彼女は「教えないわよ。真似されたくないもの」と背を向け、自分の調理台へ戻ってしまった。

真似しようと目論んでも、きっとできないだろう。

料理教室に三年も通っている彼女ならば、私には難しくて挑戦できないものを作るのではないかと予想していた。

東条さんが、この対決の勝者になるのかな……。

まだなんの食材ものせられていないトレーを手に、私は小さなため息をつき、恨みがましい視線を彰人に向けた。

どうすればいいのよ。

なにを作れば勝てるのか、さっぱりわからないんですけど……。

審査員席の彼は、隣に座る呉服屋の奥さんと談笑し、呑気にお茶を啜っている。

私がじっと睨むように見ていたら、視線が合い、彼は口の端を微かにつり上げた。

困っている私を見て喜ぶなんて……と非難の思いが込み上げたが、その腹黒い笑みの意味は、どうやら違うようである。

彼は私に口パクでなにかを伝えようとしていた。

その唇の動きを注視すれば、『下手くそ』と言っているような気がした。

そこで私はハッとする。

私の料理の腕を馬鹿にしたのではなく、彼は作るべき料理を教えてくれていた。

朝っぱらから何度も作り直しをさせられ、『下手くそ』と罵られたあの料理、だし巻き卵である。

彰人の特訓のおかげで、だし巻き卵だけは美味しく作れるようになり、彼のレシピはまだ頭にしっかりと刻まれていた。

曇り顔がパッと晴れ、私は彼に向けて頷いた。

そして、鰹節とだし昆布、卵をトレーにのせて、最後に調理台へ戻った。

早速調理を開始した私であったが、水を張った小鍋にだし昆布を入れた後は、点火もなにもせず、五分、十分と立ち尽くしているだけである。

「莉子、早く作りなさい！」と母が心配して声をかけてくるが、今はやることがなかった。

昆布は三十分ほど水に浸けてから火にかけた方が、旨み成分が出やすくなると彰人に教わった。

制限時間は四十分なので、そんなには浸けておけないけれど、卵の焼き上がりまでの時間を計算し、あと五分は浸しておこうと思う。

私の後ろでは、茶碗蒸しを作っている西尾さんが、蒸し器を火にかけたところで、その隣の小南ちゃんは、微塵切りにした野菜と挽肉をフライパンで炒めていた。

私の右横の調理台に立つ東条さんは、余裕のありそうな表情で薄焼き卵を焼いている。台の上には酢飯の入ったボウルがあり、やっと彼女がなにを作ろうとしているのかわかった。きっと茶巾《ちゃきん》寿司だろう。

食材の種類の豊富さから考えると、何種類も作る気でいると思われた。

茶巾寿司か……すごいね。

難しそうに思えるから、私はこれまで挑戦しようと思ったこともない。

不恰好ないなり寿司で精一杯である。

手際よく調理を進める東条さんをぼんやりと眺めていたら、薄焼き卵を焼き上げた彼女が私の視線に気づいた。そして馬鹿にしたように、鼻で笑う。

『勝ち目がないから、戦おうともしないのね』と言いたげな目を向けられて、それには少々ムッとするところであった。

まだ負けたと思ってないから。私には彰人のレシピがある。心を込めて丁寧に作れば、きっと勝てる……と思いたい。

開始から十五分近く経って、やっと私は卓上コンロを点火する。昆布と鰹節でだしを取り、それを冷ましている間に卵をボウルに割り入れた。醤油やみりんで味付けし、冷ましただしを入れて混ぜ合わせる。

温めておいた四角いフライパンに、おたまで卵液を流し入れて、綺麗な層となるように注意深く巻きながら焼き、それを繰り返す。

座敷には換気扇がないので、庭に面している内縁側のガラス戸が開放されていた。

それでも辺りにはふんわりと、だしのいい香りが漂っている。

そして焼き上がっただし巻き卵を切って盛り付け、大根おろしを添えたら……ちょうど制限時間となった。

見た目は綺麗にできたけど、どうかな。

やっぱり、自信がない……。

不安で落ち着かない心を抱えたまま、すぐに審査が始まる。

最初に呼ばれたのは、東条さんだ。

彼女が両手に持つ角皿には、茶巾寿司が三つずつのせられている。

それを審査員席まで運んで、彰人と和食料理の巨匠の前に置き、「どうぞお召し上がりください」と自信ありげな声で言った。

観客席からは、「華やかだな」「美味しそう」という感想が聞こえる。

私の目にもそう映っていた。

綺麗な黄色に焼き上げた薄焼き卵は、破れも焦げもなく、包み方は花のように美しい。茶巾の口は三つ葉の茎で器用に縛ってあり、上にはイクラや海老、栗など、それぞれ違うものがのせられていた。

自分の調理台まで戻ってきた東条さんは、箸を持った審査員のふたりに、微笑んで説明する。

「中の酢飯は、三つとも違う味付けにしておりますので、全てに箸をつけてください」

四十分という決して長くはない調理時間で、酢飯を作り分けるとは、なんて手際がいいのかと感心していた。料理教室に通うだけではなく、普段から自宅でも作っている証拠だろう。余裕のある笑みを浮かべているのにも頷ける。

審査員のふたりは茶巾寿司三つを、それぞれ半分ずつ口にして、それから審査員席の後ろの方でヒソヒソとなにかを相談していた。そして、「点数は皆さんの料理を食べた後につけることにします」と巨匠が言った。

ということは、きっと十点をつけてもいいくらいに美味しかったのだと、私は推測する。この後、東条さんよりも素晴らしい料理が出される可能性を考慮して、まだ点数をつけずにいよう、という意味ではないだろうか。

続いて呼ばれたのは、西尾さん。

彼女はお盆に茶碗蒸しの器をふたつのせ、慎重な足取りで審査員席に運ぶ。

その表情は緊張で引きしまり、東条さんほどの自信はない様子である。

けれども西尾さんが調理台に戻ってきて、審査員のふたりが器の蓋を開けたら……。

「ほう、これは見事な」と巨匠が感嘆していた。彰人も同意して、頷いている。

どうやら見た目は、完璧に蒸し上げているようだ。

木のスプーンで茶碗蒸しを口にしたふたりは、「美味しくできています」と褒め言葉を西尾さんにかけていた。

私の胸には『どうしよう』という動揺が広がり、鼓動が速度を上げ続けている。

東条さんも西尾さんも料理上手なようで、不安がさらに膨らんでいた。

彰人のレシピで作っただし巻き卵なら勝てると思いたかったけど、彼女たちの料理を見たら、『無理かもしれない……』と、今からため息をついていた。

「次は織部さん、お願いします」と巨匠に言われ、「はい」と答える声が裏返ってしまった。

彰人がプッと吹き出して、私は恥ずかしさに頬を熱くする。

だし巻き卵を三切れずつのせた皿をふたつ、お盆にのせて審査員席へ運ぶ。

こんなに緊張したのは、いつ以来か……。

観客席の端に座るうちの両親から、「頑張れー、頑張れー」という念仏のような応援が聞こえてくる。

『今からなにを努力しろというのよ』とツッコミを入れられないほど、今の私には余裕がなく、震える手で審査員のふたりに料理を出した。

クスリと機嫌のよさそうな彰人の笑い声がしたが、それについての文句の言葉も出てこない。

調理台まで戻ってきて、ハラハラしながら、私の料理を口にしているふたりを見つめる。

彰人はひと切れ食べて、私と視線を合わせる。そしてニヤリと意地悪な笑い方をした。

その笑みの意味は、なんなのか……。

ムッとすることもできずに、私は割烹着の胸元を強く握りしめるだけ。

和食料理の巨匠に視線を移せば、三切れ全てを平らげてくれていて、「もっと食べたいですね」とありがたい言葉をかけてくれたので、少しだけ緊張を緩めることができた。

完全に洋食のオムライスを作ってしまった小南ちゃんは、やはりと言うべきか、名前を呼んでもらえない。

「私の料理は!?」という叫びも一笑に付されてスルーされ、いよいよ私と東条さん、西尾さんの三人に点数がつけられる。

審査員席から、それを発表するのは彰人であった。

「先生と相談した結果、八、九、十点という点数をつけさせてもらいました。まずは八点の方のお名前をお呼びします」

そこに名前が挙がらないことを願って、私は胸の前で指を組み合わせる。

「東条さん」という名を聞いて私はホッと胸を撫で下ろし、私の右隣の調理台からは「嘘……」という驚きの声が漏れていた。

東条さんは納得いかないと言いたげに眉をひそめていて、彰人は淡々と説明する。

「美しい茶巾寿司でしたが、先生が仰るには、調味料を使いすぎて素材の持ち味が消えているそうです。私も味付けが濃いと感じました。和食であるなら、少し物足りないと思わせるくらいの控えめな味付けにすべきです。東条さんの料理は、半分食べたら満足し、箸を置きたくなる味でした」

八点を与えられた理由を聞いて、彼女は悔しそうに顔をしかめているが、反論の言葉はないようで俯いてしまった。

満足させてはいけないとは、和食は難しい。

私のだし巻き卵は薄味だと思うけれど、どう評価されるのか……東条さんが脱落しても、まだ心は不安に揺れていた。

「では、九点と十点を同時に発表します」と彰人が言って、さらに緊張が高まる。

座敷はシンと静まり返り、観客席の人たちも固唾《かたず》をのんでいる。

ドラムロールのように自分の鼓動が強く速く鳴り立てる中で、私は彰人の少し低く伸びやかで、そして嬉しそうな声を聞いた。

「九点は西尾さん、十点は織部さんです」

「ヤッター‼」と声を張り上げたのは私ではなく、うちの両親であった。

隣の座敷にまで聞こえそうな、大きな歓喜の叫びに驚かされ、喜び損ねた私だが、強い緊張から解き放たれた思いでいた。

調理台に両手をついて自分の体を支え、「よかった」とポツリと呟いていた。

私の後ろでは西尾さんが「悔しい……」と素直な感想を漏らし、その後に彰人が評価理由を述べた。

「西尾さんの茶碗蒸しは料亭で出されてもおかしくないほど上出来でした。落ち度は見つかりません。十点をつけたかったのですが、織部さんの料理を食べたら、点数を下げねばなりませんでした」

和食料理の巨匠は、だし巻き卵をペロリと全て平らげていた。それでも足りずに、もっと食べたいと思わせたということが、私を勝者にした理由らしい。

巨匠と同じく彰人も私に満点の採点をしたそうで、それについては当然である。彼のレシピで作られたものなのだから。

ホッとしている私と視線を合わせた彰人は、いつになく優しく微笑んで、深く頷いてくれた。

それを見て、やっと胸の中に喜びがじわじわと広がっていく私であったが、しみじみとした感動を壊したのは彼であった。

彰人は好青年を装った爽やかな口調で、私に向けて笑顔で言い放つ。

「織部さんのだし巻き卵には、私との交際を続けたいという熱意と愛情を強く感じました。この対決の勝者はあなたです。おめでとう。公認の仲になったということで、今後も私の恋人として努力し続けてください」

観客席からうるさいほどの歓声と拍手が湧き、「ご婚約は？」「次期社長夫人ですね！」という冷やかしの言葉もかけられる。

母は喜びのあまりに失神し、父が慌てて抱き起こそうとしていた。

そこで私は『しまった』と我に返る。

この対決において、私が同居を続けるために一生懸命になることが彰人の狙いであったのに、それを裏切ることなく頑張ってしまった。

してやったりといった様子の彼に、しかめ面を向けつつ、恋人じゃないのに大勢の前で交際宣言をされたことに慌てていた。

「違うから！」と観客たちに向けて言っても、歓声にかき消され、私の声は誰の耳にも届かない。

私の言い分は聞いてくれないくせに、「どうしてなの⁉」と東条さんが大きな声で疑問をぶつければ、急に静かになり、皆が彼女に注目していた。

怒り心頭に発するといった様子の東条さんは、割烹着を脱いで足下に投げ捨てた。

そして片足を踏み鳴らして、私を指差し、声高に文句と不満をぶつけてくる。

「どうして織部さんが、こんなにも色々とできるのよ！　私より目立たないし、女らしさも足りない。どちらかというとガサツよ。玉の輿を狙って努力している様子も見られなかったのに、こんなに完璧になんでもできるなんて、絶対におかしいわよ！」

面と向かって、人に指を差されたのは初めてかもしれない。

美人が怒ると迫力があり、私は思わず片足を引いてしまう。

すると視界の端に西尾さんが映り、そちらに顔を向けたら、彼女もまた私を睨みつけ、首を縦に振っている。東条さんのような怒り方はしないが、『どうして!?』という思いは同じであるらしい。

「織部さん、答えて」と東条さんが凄みながら近づいてくるので、私はさらに足を下げた。そうしたら、調理台に腰をぶつけてよろけ、転びそうになってしまう。

「あっ」と焦りの声をあげたら、誰かの逞しい腕に腰を引き寄せられ、体を支えられた。

その顔を見上げれば、隣に立ち、私を抱き寄せているのは彰人であった。

近すぎる距離に思わず鼓動を弾ませる。

そんな私に代わって彼が、東条さんの質問に、不遜な態度で答えていた。

「莉子は江戸から百八十年続く、由緒正しき織部茶問屋のひとり娘だ。これくらいはできて当たり前の躾《しつけ》をされている。勝手に見くびっていたお前たちが間違えていたということだ」

ニヤリと口の端をつり上げた彼を、私は頬を膨らませて見上げていた。

なんで彰人が、私のことを自慢げに話すのよ。

まあ、彼女たちに見下されていたのはわかっていたし、ぎゃふんと言わせた気分で、悪い気はしないけどね……。

「もとからお嬢様だったということなのね……」と東条さんは悔しそうに唇を噛み、西尾さんは諦めのため息をつく。

ふたりが完敗を認めたところで、大和撫子対決はお開きとなった。

マンションに帰ってきたのは、十九時頃のこと。

彰人の作った親子丼を「ご馳走さま」と食べ終えた私は、カウンターテーブルの隣の席でビールを飲み、上機嫌に鼻歌を歌っている男に文句をつけた。

「どうするのよ。うちの親、完全に期待しちゃったんだけど」

対決の後、片付けが済んで、審査員や観客、対戦者も帰った座敷に、私の両親と私たち四人が残った。

そうなるだろうと予想していたが、私の嫁ぎ先が決まったとばかりに喜ぶ父が、『結納の日取りのご相談なのですが』と彰人に話しかけた。それに対して彼は、『今は忙しくしておりまして、それについては追い追い……』と言葉を濁してごまかした。

それを隣で聞いていた私は、彼が使った意味とは違う『おいおい』を、心の中で呟いたのであった。

和食料理対決に四試合分の勝ち星を与えると言われた時は、彰人は私との同居を終わらせようとしているのだと思い、寂しくなった。けれども実際はそうではないようで、私に作るべき料理を教え、味方してくれたのだ。

卵料理という課題にしたのは、私を勝たせようと思ったためであろう。

ということは、彼もこの生活を続ける意思があるのだと思われるが、親まで巻き込んでの結婚話にまで広がると、同居の期限が来た後に私が困ることになる。

『別れたのか⁉　お前、なにを言って高旗さんを怒らせた』と父は私を叱り、夢破れた母は泣き崩れるに違いない。

彰人の最終的な狙いは、見合いをドタキャンし、彼に恥をかかせた私を惚れさせて、振ることにある。

もしや、惚れさせるのは無理だと判断しての、交際宣言なのだろうか？

親を含めた周囲に、私たちが恋人関係にあると誤認させ、そして二カ月の期限が来たら、自分から交際を終わりにしたとでも吹聴《ふいちょう》する気なのではないか。

そうすれば、彰人のプライドだけは守られる。

五百ミリリットルの缶ビールを手酌でグラスに注いで飲んでいる彰人は、鼻歌を歌うのをやめてじっと私を見つめ、ニヤリとした。

自分勝手な奴だと呆れている私は、親を巻き込むなと文句をぶつけたのだが、彼は真面目に聞く気がないのか、つまみの枝豆に手を伸ばし、とんちんかんな返事をする。

「お前の両親、欲望に正直な性格をしているよな。驚いたり、喜んだり、泣いたり、ころころ表情が変わって面白い。俺は嫌いじゃないぞ。この先も楽しく付き合っていけそうだ」

「はい……？」

見た目に表れてはいないが、彰人はビール一杯で酔っ払っているのだろうか。

「まさか、私の親と友達付き合いする気なの？」と眉をひそめて問いかければ、彼は枝豆をつまんだ右手を、なぜか私の顔に近づけた。

反射的に口を開けてしまったら、さやから飛び出した豆が私の鼻に当たって、テーブル上に転がった。

「痛っ！」と鼻の頭をこする私を見て、彼はいたずら成功とばかりに肩を揺すって笑っている。

酔っているんだね……駄目だ、話にならない。

深いため息をついた私は、食べ終えた食器を片付けようと立ち上がる。

すると彼に腕を強く引っ張られて、「キャッ！」と驚きの声をあげた。

尻餅をついた場所は、部屋着姿の彰人の膝の上。

横座りの姿勢でのっかってしまい、彼の端整な顔が、拳ふたつ分の近距離にあった。

鼓動が大きく跳ねて、私が悪いわけではないのに、つい「ごめん！」と謝ってしまう。

急いで彼の膝から下りようとした私だが、体に逞しい腕を回されて、放してもらえない。

動揺して震える声で「ちょっと、酔いすぎだよ」と指摘したが、「俺はビールなら二リットル飲んでも酔わない」とニヤリとして言い返された。

それならば、なにを企んでこんなことをするのか……。

彼がさらに顔を近づけて、私と額を合わせるから、心臓が口から飛び出しそうになる。拒否の言葉も出ないほどに驚いていた。

息のかかる距離で、瞳を甘く艶めかせる彼は、「ありがとう」と私にお礼を言った。

「嬉しかった。俺との生活を続けるために、必死に戦ってくれたお前が……」

ま、待ってよ。急になにを言うのよ……。

私の顔は熱く火照り、驚きと戸惑いの中に落とされていた。

至近距離にある彼の頬も、心なしか赤い気がする。

照れながら、『嬉しかった』と口にした彼は、デレモードに入っているようだけど、いつもと違い、会話を切り上げて逃げようとする気配はない。私の目を見つめたままで、男の色気を溢れさせるから、私の方が恥ずかしくて逃げ出したくなる。

それで、この甘い雰囲気を打開するべく話題を変えようとしたのだが、「彰人——」と呼びかけた直後に唇が触れ合った。

驚きに見開かれた私の目には、伏せられた彼の瞼と、男性にしては長めの睫毛が映る。

目を閉じているということは、偶然触れてしまったのではなく、意図的にキスをしているのだろう。

それは、どういう心境から……⁉

腰に片腕を回され、後頭部も押さえられているので、彼の胸を押してもキスから逃れることはできない。

キスは軽いものでは終わらずに、唇を割って彼の舌先が入り込み、私を求めるかのように情熱的に舌を絡ませてくる。

頭を働かせてキスの理由を探したいと思っても、私の意識は徐々に霞《かすみ》がかかる。

こんなに長いキスは生まれて初めてで、どうやって息継ぎしたらいいのかわからない。

苦しいけれど気持ちよくて、ゾクゾクと肌が粟立《あわだ》ち、体の芯が熱くなってきた。

久しく眠っていた、私の中の異性を求める情欲が目覚め、自分から彼の背中に腕を回してしがみついてしまう。

ぼんやりした頭で、『私は彰人が好きなの……？』と自分に問いかけていた。

この同居を勝負事のように捉えているため、負けてなるものかと、彼に惹かれないように気をつけてきた。

しかし、こんなふうに色気を出されたら、ほだされるのも無理はない。

俺様な彼だけど、魅力的な男性であることは、日々感じているのだ。

これまでは決して彼に惚れるまいと、意志の力で食い止めていたこの気持ち。

それが、甘美なキスに酔いしれている今はストッパーが働いてくれず、恋へと押し流されてしまう。

そっか……。

同居を続けたいと願って対決を頑張ってしまったのも、こんなにドキドキするのも、私が彰人に恋をしているからなんだ……という結論に達してしまった。

横柄だけど、それ以上に優しく、口は悪くても私を気遣ってくれる。

彼の隣は居心地がよく、ふたりで馬鹿な言い争いをしている時でさえ楽しくて、ひとり暮らしの時よりずっと笑顔でいられる。

御曹司は苦手だったはずなのに、こんなに私と相性のいい人は、他にいないのではないだろうか。

惚れないようにと気をつけても、無理だった。

彰人は素敵すぎる。

この先もずっと、彼と一緒に笑っていたい……。

長いキスがやっと終わる。

唇が離されて深呼吸をすれば、正常な思考がすぐに戻り、私はハッと我に返った。

キスしちゃった……。

しかも彼への恋心を自覚してしまい、どうしようとうろたえる。

拳ふたつ分の距離に戻された彼の口の端は意地悪くつり上がり、私の心の動揺を見透かして楽しんでいるような顔をしている。

「俺に惚れたんだろ？」と偉そうに問いかけられて、私はムッとした。

「惚れてない！」

きっぱりと嘘をつけば、彼は呆れの目を向け、「素直じゃない女は可愛くない」と不満げに文句をつける。

私の唇を奪っておきながら、可愛くないとは、ひどいことを言う男だ。

「そっちこそ、突然キスしてきて、私を好きになったんでしょ？」と鼻で笑ってからかえば、眉間に皺を寄せた彼に「あ？」と凄まれた。

「調子に乗るな。今のキスは対決に勝ったお前への褒美だ。俺はお前のことなど、なんとも思ってない」

「どうだろうね。彰人はツンデレだから、照れ隠しなんじゃないの？」

「誰がツンデレだ。それはお前だろ。ツンが多すぎて可愛くないから、もっと俺に甘えてみせろ」

「身勝手で俺様な迷惑男には、しょっぱい対応で充分。甘えてほしかったら、もっと私に優しくしなさいよ」

結局、最後は言い争いをしてしまう私たちだが、私の顔の火照りはまだ引かず、鼓動も二割り増しで高鳴っている。

彼は彼で、私をしっかりと両腕に抱いたまま、膝から下ろそうとしないので、どうやら口論を楽しんでいる様子であった。

# この勝負、引き分けです

十月も半分を消化してしまった。

もっとゆっくり過ぎてくれたらいいのにと願っても、時計の針は休んでくれず、今日も午前中の仕事が終わって昼休みになる。

茜も今からお昼に入るということなので、ふたりで会社近くのパスタ屋に行く。

さまざまな制服を着たＯＬだらけの店内で、私たちは壁際のふたり席に向かい合い、六百五十円のお得なランチメニューを注文した。

間もなく運ばれてきた小海老の和風スパゲッティを食べながらの会話は、私と彰人の同居期限が迫っていることについてである。

「あと三日しかないいんだよ。早く言っちゃいなよ」と茜が心配そうに言う。

今日は水曜日で、三日後の十月二十日土曜が、二カ月間の同居生活の最終日である。

茜がなにをせっついているのかというと、彰人に私から告白して、もう少し一緒に暮らしたいとお願いすればいいと提案するのだ。

恋心があることを今はもう自覚しているし、茜に対して隠そうとも思っていない。

実は自分でも、この気持ちを彰人に伝えてみようと思ったことが、大和撫子対決後からこれまでに数回あった。

けれども、意を決して呼びかけても、『どうした?』と彼が振り向いたら、急に怖気づいて好きだと言えなくなる。『なんでもない』と答えて自分の部屋に逃げ込み、ため息をついたことが、五度ほどあった。

今も「うーん」と唸るだけで、告白してみるとは言えない。

パスタ皿の中の小海老をフォークで集めて、一列に整列させていた。

そうすることで、期限が迫っていることへの焦りや、告白できない弱い自分の心をごまかし、正面から向き合わないようにしているのだ。

そんな私を見ている茜は、「莉子らしくないな」と少し笑って非難した。

「私らしいって、どんな?」と尋ねれば、彼女は口に入れたサラダを飲み込んでから、教えてくれた。

「きっぱり、はっきり、さっぱり。それが莉子だよ。熱いところもある」

今みたいに行動に移さずにうじうじと悩んでいるのが私らしくない、というのはわかるけど、『熱い』とは……?

首を傾げる私に、茜はクスクスと笑って言う。

「好きなことに対しては熱いじゃない。莉子ほどたまチョコを愛している人はいないと思う。たまチョコ愛はうっとうしいほどに語れるんだから、専務にも好きだって言ってごらんよ」

私が熱くたまチョコについて語るのを、茜はいつもニコニコと笑顔で聞いてくれていたのに、本当はうっとうしいと思っていたのか……。

そのことにショックを受けつつ、たまチョコと彰人を一緒にしないでほしいと不満を覚えていた。

たまチョコは私の愛情を嫌がらずに黙って受け止めてくれるけど、彰人は感情も反応もある人間だからね……。

茜が一生懸命に説得してくれても、私は積極的な気持ちになれない。

何度も告白しようとして、それができずに終わり、もう勇気を使い果たしてしまったような心境である。

告白したところで、振られるだろうし……と結果を恐れる気持ちもあった。

なおも私の気持ちを前向きにさせようと頑張る茜は、「告白されたら、専務は嬉しいと思うよ」と優しく励ましてくれる。

その言葉に私は頷いたが、彼女とは違う意味で、私の告白を彰人は喜ぶだろうと考えていた。

「好きだと言ったら、作戦成功に喜ぶだろうね。私を惚れさせて振ることが、彰人の同居の目的だもん。『お前みたいな可愛くない女は好みじゃない。残念だったな』と、勝ち誇った顔で笑いそう」

自分で口にしたことに、不愉快な気持ちになって顔をしかめてしまう。

私が敗者ということで終わるのは悔しいので、やはり告白するのはやめようという方向に心を落ち着かせた。

整列させた小海老をフォークでかき集め、大口を開けて一度に頬張れば、茜がやけに真面目な顔をして深いため息をついた。

茜のため息を聞いたのは、初めてかもしれない。

いつも前向き思考の彼女なので、うんざりするような長い会議中でも微笑んでいるし、こうして呆れの目を向けてくることもない。

フォークを止めて、「ごめん、怒った?」と茜の機嫌を窺えば、「怒ってない。このままだと絶対に後悔するのにって、悔しく思ってるの」と文句と心配をぶつけられる。

「ねぇ莉子。たとえ振られたとしても、言わないよりマシだと思わない? あの時、告白していたら、今頃は隣で笑っていたかもしれないって、きっとずっと引きずることになるから」

「うん……そうだよね」

茜は大切な友達だ。

彼女も私のことをそう思ってくれるから、こうして叱ってくれるのだろう。

それが嬉しくて、「ありがとう」と微笑んだ。

そして、何度も言おうとして失敗し、折れてしまった心に、茜の優しさをペタペタと貼り付けて修復する。

あと一度だけ、勇気を出してチャレンジしてみようという心持ちになれた。

彼女の言う通り、告白せずに終われば、ひとり暮らしのアパートに戻ってから、後悔の毎日を過ごすことになるだろう。

それが嫌なら、想いを伝えるべきである。

たとえ振られたとしても、彰人の気持ちを確かめずに終わるよりは、早く立ち直って前に進むことができるのではないかと、そう思うことにした。

コップに半分残っていた水を一気飲みして、茜に笑顔を向ける。

「今夜、彰人が帰ってきたら告白する」

そう宣言したら、茜が嬉しそうに笑った。

「それでこそ莉子だよ。頑張って。私は成功すると思ってる。きっと大丈夫だから！」

成功とは、彰人が私の告白を受け入れ、本物の恋人にすると言ってくれることだよね。

いや、それはないでしょう。彰人が私に惹かれているのだとしたら、もう少し謙虚な態度で丁寧に扱ってくれてもいいと思うもの……。

反論は心の中だけで。口に出せば、茜がまた笑顔を消してしまうかもしれないし、なにより告白する勇気を失ってしまいそう。

それで私はニッと挑戦的な笑みを浮かべて、頷くだけにしておいた。


午後の業務は特筆すべきこともなく平和に定時で終わり、私は十八時半頃に家に帰ってきた。

彰人は今日、夕食付きの重役会議があると言っていたので、帰宅は少々遅いはずである。

落ち着かない気持ちを抱える私は、夕食も食べずに、かれこれ三時間ほどリビングをウロウロしていた。

テレビをつけても意識を番組に向けられないので、消してしまった。たまチョコの新しい箱を開ける気にもなれない。

カウチソファに座ったり立ったり、歩き回ったりを繰り返し、壁掛け時計の針ばかりを気にしていた。

二十一時半になるから、もうそろそろ帰ってきてもいい頃だ。

固めた決意がくじけてしまいそうだから、早く帰ってきてほしいような……。

逆にもっと遅い帰りとなり、今夜は時間がないから告白できなくても仕方ない、という逃げる口実が欲しいような……。

勇気と怯えが拮抗《きっこう》し、私を苦しめる。

かつてこんなにも、恋愛事に心を乱したことがあっただろうか？

自分から告白したことは学生時代に一度だけあったが、失敗を恐れるより、緊張を楽しむ気持ちの方が強かった気がする。

今はどうしてこんなにも、臆病になっているのだろう。振られるのが怖いと思うほどに、彰人を好きになってしまったということなのか……。

落ち着かない心を抱えた私が、腰を下ろしたばかりのカウチソファから立ち上がった時、玄関の鍵が開けられた音がした。

帰ってきた……。

途端に鼓動が速まり、耳元で拍動しているかのようにうるさく鳴り立てる。

どうしよう……とテレビの横にあるオープンラックの前に急いで移動して、飾ってあるたまチョコフィギュアを並べ直しているふりをした。

斜め後ろでリビングのドアが開閉する音がして、「ただいま」と声をかけられる。

「おかえり」

声が少し震えたことに、気づかれたかな……そう心配しながら振り向いた。

彰人はスーツの上着を脱いでダイニングの椅子に無造作に投げ置くと、ネクタイを緩めている。

視線が合うと、「あのさ」というふたりの声が重なった。

緊張しながら彼の方へ近づけば、「なに?」と問われる。

「あ、ええと……私は後でいいや。彰人もなにか言おうとしてたでしょ。先に言って?」

彼を優先させたのは、告白から逃げたいという思いがあるためなのかもしれない。

作り笑顔を浮かべる私に彰人は、「あ、ああ……」と、なぜか戸惑っているような返事をする。前髪をかき上げるようにして後ろに流し、咳払いをひとつした後は、黙り込んでしまった。

デレモードに入っているわけでもないのに、目を泳がせている理由はなんだろう？

「彰人？」と呼びかければ、わずかに肩を揺らした彼が、すぐ横のカウンターテーブルに置かれた、小さめの紙袋を手に取った。それを私に突きつけるようにして差し出す。

目を瞬かせて受け取った私は、「これなに？」と尋ねながら、紙袋の中を覗く。

仕出し屋のお弁当らしきものが見えたのと同時に、彼が説明を加えた。

「土産。重役会議で弁当がひとつ余ったんだ」

「私のために持ち帰ってくれたの？」

「別に、莉子のためにわざわざ別払いで注文したわけじゃないからな。もう夕飯食べ終わってるなら冷蔵庫に入れて、明日食べればいい。割烹料理の名店の、一万円する懐石弁当だからうまいぞ」

彰人の言い方だと、私のために自腹を切って追加注文したと聞こえる。

気遣ってもらえたことが嬉しくて、胸がますます高鳴った。

「ありがとう」と笑顔でお礼を言って視線を前に戻したが、彼は顔を背けるようにキッチンの方を見ていて、私と目を合わせようとしない。

どうしたのだろう……いつもと様子が違うように感じる。

照れているようにも見えるけど、私にお弁当を持ち帰ったことが、目を合わせられないほどに恥ずかしいことなのだろうか？

前にケーキをお土産に買って帰ったことがあったが、その時は『俺様に感謝して食べろ』と言いたげな、彼らしい偉そうな態度であったのに。

じっと見つめる先で、彼の頬がうっすらと色づいた。「莉子……」と目を逸らしたままに話しかける彼であったが、その後は言葉が続かずに口を閉じてしまう。

なにか言いにくい話を切り出そうとしているような彼に、「彰人、なに？」と促せば、なぜか舌打ちされて睨まれた。

「次はお前の番だ」と、苛立ちの滲む怒り口調で問われる。

「俺に話があるんだろ？」

「えっ!? えーと、そうなんだけど……」

彰人の異変に気が逸れていたため、急に告白のチャンスが訪れたような心境になり、慌ててしまう。

「ええと」と三度繰り返したら、怪訝そうな目を向けられた。

背中に冷や汗をかき、ますます焦る私は、態勢を立て直すために一旦告白する気持ちを脇に寄せて、「これ見て、シークレットだよ！」と左手を彰人の顔の前に差し出した。

新しく出たわけじゃないけれど、さっきオープンラックでたまたま手に取ったから、そのフィギュアをこうして彼に見せている。

それはもちろん、『俺に話があるんだろ?』という問いを、ごまかすためだ。

けれども彰人は、深海魚シリーズのシークレットなら前にも見たと指摘するのではなく、「は?」と眉を上げて不思議そうな顔をする。

「それはフィギュアじゃなく、テレビのリモコンだ。チョコレートの中には大きすぎて入らないだろ」

し、しまった……。

私はいつの間にリモコンを握っていたのだろう。そして、大きさがかなり異なるのに、どうしてフィギュアを持っていると勘違いしていたのか。

混乱する頭に、動揺する心。ごまかしようがないほどの焦りに羞恥が加わり、この場から逃げ出さずにはいられない。

「莉子――」と呼びかけられ、彼の右手が私の肩に向けて伸ばされたが、横にずれてその手をかわした私は、「そうだ、シャワー浴びてくる!」と叫ぶように言って、リビングから駆け出した。

バスルームに逃げ込むと、荒々しくドアを閉めて、背を預ける。

とりあえずの窮地から脱した気分で、ホッと息をついたら、腕に抱えている物にハッとした。

懐石弁当とリモコンを持って、どうやってシャワーを浴びるのよ……。

絶対に様子が変だと思われたよね。

どうしよう……。

これでは告白どころではなく、残りの三日を普通に過ごすのも難しい。

たったひと言、『好き』と口にすれば終わるのに、まさかこんなに大変だなんて思わなかった……。

臆病な自分に呆れる大きなため息が、バスルームの壁に反響していた。


それから二日が経ち、今日は金曜日。

同居生活終了の前日である。

茜にハッパをかけてもらったけれど、私はまだ告白できずにいる。

好きだと言えない弱い自分に、今は諦めの気持ちが強い。

軽トラックの引っ越し業者に明日の朝九時に来てもらう予約は入れていて、今日帰ったら、リビングのオープンラックに飾ってある大量のたまチョコフィギュアを、段ボールに詰め込もうと考えていた。

寂しいな……。

今日は仕事の間中、ため息ばかりついていた。『織部さん、体調悪いの？』と中本主任を心配させてしまうほどに。

これではいけないと、途中から意識して元気に振る舞っていたけれど、胸が苦しくてたまらない。

どうしても彰人の顔が浮かんできて、作り笑顔を保持することが難しい。

引っ越し業者のミスで、明日のトラックが確保できなかったと嘘をつこうか？

そうすれば数日は、あのマンションに住まわせてくれるだろう。

本気でそう考えた直後に、自分を非難する。

引っ越し業者に濡れ衣を着せるとは、なんて卑怯な。あの家を出なければならないのは、少しの可能性に賭けることのできない、意気地のない私のせいなのに……。

自分のデスクでパソコン作業をしながら、彰人のことばかり考えていると、終業時間となった。

月曜日の会議用資料の作成を任されたのに、まだ終わっていない。

三十分の残業を申告しようかと考えていたら、隣の席の中本主任が「織部さん、帰りなよ」と声をかけてきた。その顔は心配そうだ。

「すみません、まだ終わってないんです。三十分あれば資料を完成させられると思うので、残業させてください。体調は大丈夫ですよ」

そう言って、明るい笑顔を向けたのに、中本主任にますます心配そうな目で見られてしまう。どうやら空元気だと思われたようだ。

「無理して倒れられても困るから、帰った方がいい。俺に資料のデータを送って。続きはやっておくから」

そんなことはできないと、私は首を横に振る。

終業時間までに仕事を終わらせることができなかったのは、彰人と引っ越しのことばかり考えて、集中力を欠いていた私のせいである。それなのに、先輩に残りの仕事を押し付けて退社するのは、私が嫌だ。

椅子から立ち上がった私は、中本主任に元気であることをアピールしようとする。

両腕を真横に伸ばして肘関節を曲げ、ボディビルダーのようなポーズを作って、ニカッと笑ってみせた。

「ほら、こんなに元気です！」と主張したのに、彼はクスリともしてくれず、「相当に具合が悪いんだね。家まで送ろうか？」と眉を寄せられる。

あの、笑ってくれないと、おどけた自分がものすごく恥ずかしいんですけど……。

その時、誰かに後ろから、ポンと肩を叩かれた。

私が振り向く前に、「高旗専務？」と中本主任が驚いたように呼びかけたので、肩の上の手が誰のものなのかを知る。

途端に心臓が大きく波打ち、強い緊張に襲われる。

恐る恐る肩越しに振り向けば、眉間に皺を寄せた彰人が、通勤用の黒い鞄を手に立っていた。

「仲がいいんだな。随分と楽しそうなことで」という声には、不愉快そうな響きが感じられる。

遊んでいたわけじゃないんだけど……と心の中で反論しつつ、なぜ彰人が開発部に来たのかと疑問に思っていた。

私がこの部署に異動してから、彼がやってくるのは初めてのことである。

「専務、なんのご用でしょう？」と末端の部下として、取締役の地位にある彼に敬語で問いかけた。

いや、上司と部下という関係性よりも、ギクシャクしていることが原因で、無意識に敬語を使ったのかもしれない。

昨日も今朝も、喧嘩しているわけではないのに、彰人とまともな会話をしていない。告白しようとして、できずに悩んでいる私なので、気軽に話しかけられないわけだけど、彰人も口数が減っている気がする。私をからかうこともなく、素っ気ない態度を取るから、二日間ほとんど会話がないのだ。

体ごと振り向いて彰人と向かい合ったら、半歩ほどの距離が近すぎる気がして、私は足を引いた。

すると、彼の眉間の皺がさらに深いものとなり、腕を掴まれて引き寄せられる。

鼻先には彼のネクタイがあり、目を丸くした私が、「専務……？」と問いかければ、彼は「莉子」と名前で呼び返した。

「帰るぞ」

「へ？　私はまだ仕事中で——」

すると立ち上がった中本主任が、すかさず口を挟む。

「高旗専務、織部さんが午前中から体調が悪そうなんです。連れ帰っていただけると安心できます。仕事に関しましては、私が引き継ぎますので問題ありません」

「元気ですよ！」と言ってもふたりに無視され、彰人は「わかった。よろしく頼む」

と会話を終わらせてしまった。

彼はデスクの下に置いていた私のショルダーバッグを持つと、もう一方の手で私の手首を掴み、ドアに向けて歩き出す。

引っ張られるようにして、ついていかざるをえない私は、彼を止めようと声をかける。

「専務、私の仕事を中本主任に押し付けて帰るわけには――」

「専務じゃない。名前で呼べ」

「はい？」

彰人の様子がおかしい。ここは社内で、周囲に他の社員がいるというのに、名前で呼べとは、一体どうしてしまったのだろう。

それだけではなく、開発部に来たのも不思議で、私と一緒に帰ろうと思い立ったようだけど、今までそんなことは一度もなかったのに。

社内では上司と部下であるので、彼の車に乗せてもらっての通勤はしないし、退社時間は大幅に違う。彼が定時に退社するのは、私の知る限り、これが初めてである。

こうして私の手を引いて廊下を進めば、周囲の注目を浴びることがわからないはずもないのに、手を離そうとしないのも変だ。

すれ違う社員に好奇な目で見られたり、「わっ……」と驚きの声も聞こえてきて、私は恥ずかしくなる。

私を引っ張るようにして足早にエレベーターホールへ向かう彼に、「専務」と呼びかければ、急に歩調を緩めた彼が私の隣に並んだ。

その顔はなぜか寂しげで、「名前で呼んでくれ」と先ほどと同じことを、今度は命令口調ではなくお願いされた。

「ここは社内なんですけど」と注意すれば、ため息をつかれる。

「社内であっても、お前だけは許可する。そうしなければ、来週からは二度と名前で呼んでもらえないだろ……」

彼らしくない切なげな表情に、弱気な口調。

ああ……そうか。

彰人も同居が終わってしまうのが、寂しいと思ってくれているんだ。

それを感じて、私は喜んでしまう。

それなら今、同居の延長をお願いしたら、いい返事がもらえるのではないかと期待が湧いた。

けれどもちょうどエレベーターが到着し、乗り込めば、そこには三人の男性社員がいたので、話ができなくなる。「あ、制服、着替えてない……まぁ、いいか」と独り言をボソリと呟いただけであった。

エレベーターに乗り合わせた社員たちと、どうやら向かう先が一緒のようで、全員が駐車場のある地下で降りた。彼らは私たちの後ろを歩いているので、車に乗るまで、まだ彰人に話しかけることができない。

彼の車の助手席に乗り込み、『さあ、同居の延長をお願いしよう』と意気込んだ私であったが、エンジンをかけた彰人に「明日の引っ越しは九時からだったよな?」と問いかけられて、笑みを失ってしまった。

「うん、そうだよ」

「俺も手伝うから」

「ありがとう……」

引っ越ししたくないと言わなくてよかった。

手伝うということは、予定を空けてくれたのだろう。

同居の終わりは決定事項として、彰人のスケジュール表に書き込まれているみたい。

寂しいと思ってくれるようだけど、それはきっと、私ほど重たいものではないのだろうね……。

地下駐車場を出て社屋前の道路を走る車は、右折して大通りに入る。

車窓の外を行き交う人は皆、秋の装いだ。

彰人と初めて会った見合いの日、早く振袖を脱ぎたくなるような夏真っ盛りであったのに、季節が移り変わったのだと、過ぎた月日をしみじみと振り返る。

最初はふたり暮らしを面倒だと捉えていたのに、今思えばあっという間で、楽しかった思い出ばかりだ……。

隣から小さなため息が聞こえた。

車窓から運転席に視線を移せば、彰人の口角はややつり上がっている。

彼は気を取り直したような明るい口調で、話しかけてきた。

「夕食になに食いたい？　フレンチでも寿司でも、なんでも好きなものを言え。最後だからな。ふたりでうまいものを食べに行こう」

最後という言葉に胸が痛んだが、彼が楽しい雰囲気を作ろうと努力しているのが伝わるので、私も無理して笑みを浮かべた。

「お寿司が食べたい！」と弾んだ声で答えたが、すぐに思い直して意見を変える。

「やっぱり帰る」

「あ？　俺と飯を食いに行くのは嫌なのか？」

「違うよ。家で彰人の作ったご飯が食べたい。最後の夕食だから……私の食べたいものでいいんでしょ？」

赤信号で停車した車内で、「彰人の手料理が一番美味しい」と笑いかければ、彼も私に優しい目を向けて微笑み、「わかった」と頷く。

しかし、その微笑みはどことなく、ぎこちないものである。

きっと私の作り笑顔も、わざとらしいと思われていそうな気がする。

「ビーフシチューと肉じゃがと、ホイコーロー。筑前煮としじみ汁と、それから……」

無理してはしゃぐ私は、これまで彼が作ってくれて、感動するほど美味しかった料理を並べ立てた。

「だし巻き卵も食べたい！」と声を弾ませたら、彼は笑って「食いしん坊め」と非難する。

「全部、作ってやる」と張り切る言葉も、どこか芝居がかったものであった。

それから二時間半ほどが経ち、時刻は二十時四十分。

目の前のカウンターテーブル上は、ご馳走の山で、どの皿も四分の一ほど食べて残していた。

いくら美味しくても、量が多すぎた。

「もう食べられない」

ぽっこりと出てしまったお腹をさする私を、隣で見ている彰人が笑う。

「保存容器に入れて冷凍してやるから、明日、持って帰ればいい」

「うん、ありがとう。アパートに帰っても、しばらくは彰人の手料理を楽しめるね……」

「嬉しい」と言った声が震える。

ひとり暮らしのアパートの小さなローテーブルで、料理を温め直して食べている自分を想像すると、胸が寂しさに押し潰されてしまいそう。

目が潤むのを感じたが、ここで泣いたら『どうした?』と問われることだろう。

帰りたくないと言えば、してやったりとばかりに『俺に惚れたのか』とニヤリとされそうなので、瞬きをして涙を乾かした。

胸に迫りくる切なさをグッと押し込めた私は、ニッと笑って強気に言う。

「明日で二カ月だけど、彰人の思い通りにはならなかったよ。残念だったね」

告白できない弱虫のくせに、強がりだけ言えるとは、我ながら呆れるほどの可愛げのなさである。彰人もそう感じるに違いない。

きっと彼は鼻で笑って、こんなふうに言い返すのではないだろうか。

『残念じゃない。お前みたいなガサツな女は、こっちがお断りだ。やっと煩わしい同居が終わって清々《せいせい》する』

上から目線の偉そうな態度が常の彼なので、今も必ず私を言い負かそうとしてくるはず。

そう思って待ち構えているのに、彼は私の方に体ごと向けると、真顔で「帰したくない」と驚くことを言った。

意表を突かれた私は目を瞬かせ、「え……？　今なんて言ったの？」と確認してしまう。

聞き間違いだろうかと疑っていたのだが、「帰したくないと言ったんだ」と低い声で答える彼に、テーブルの上で手を包むように握られて、私の鼓動は大きく跳ねる。

「これからは期限を設けずに、俺とこの家で暮らさないか？」

その声は誠実で、からかってやろうと企んでいる雰囲気は微塵もなく、彼の瞳も真剣そのものである。緊張もしているようで、喉仏が上下にコクリと動くのが見えた。

無期限で私と一緒に暮らしたいということは、つまり……。

沸き上がる期待が溢れ出さないように気をつけて、私も真顔になって疑問をぶつけてみる。

「それは、私と交際したいという意味なの？　俺に惚れさせて振ってやると言ってたのに、敗北宣言と捉えていいの？」

期待と不安が入り混じる。

同居の延長が、私の望む意味と違っているかもしれないと思えば、鼓動が嫌な音でうるさく鳴り立てた。

すると、私の右手を覆う彼の手に、グッと力が込められる。

プライドを自らへし折った様子の彼は、「俺の負けでいい」とはっきりと口にした。

「莉子が好きだ。生意気で、甘え方を知らず、口喧嘩ばかりだが、それも含めてお前を可愛いと思ってしまう。莉子を失った生活は、考えただけで苦しい。俺のそばにいてくれ」

まさか彰人の口から、好きだという言葉が聞けるとは思わなかった。

どうしよう。嬉しくて、なんと答えていいのかわからないよ……。

驚きと喜びに高鳴る胸が苦しくて、口を開けば涙が溢れそうになる。

すぐに返事ができず、見つめ返すしかできない私に、彰人が顔を曇らせ、握っていた手を離した。

「駄目か……それなら、はっきり俺を振ってくれ。そうでないと、お前を忘れられなくて困──」

断られると勘違いさせたことに慌てる私は、彼の言葉を遮り、「負けてないよ!」と口にした。

その途端に涙が溢れて、頬を伝う。

微かに眉を寄せ、戸惑っているような、なにかを期待しているような顔をする彼に、私は泣きながらも笑顔を作り、言葉を続ける。

「彰人は負けてない。この勝負は引き分けだから。私も好きになっちゃった。なかなか言えなくて……ごめんね」

天井を仰いだ彼が、大きなため息をつく。

「ごめん、じゃない。俺がどれだけ悩んだと思ってるんだ」

「そういうことは、もっと早く言え」と文句を付け足した声は嬉しそうで、涙を拭った私はすかさず言い返す。

「お互い様でしょ。そっちこそ、もっと早く敗北宣言すればいいのに」

「お前が」「彰人が」と、いつもの如く言い争った後は、同じタイミングでプッと吹き出す。

リビングに満ちるのは、喜びと幸せと安堵に溢れた、明るい笑い声であった。

ひとしきり笑った後は、彼がニヤリとして立ち上がる。

なにかを企んでいそうな彼を見上げたら、腕を引っ張られて私も立たされた。

「キャッ！」と叫んだのは、突然、横抱きに抱え上げられたからだ。

「な、なに⁉」と驚き戸惑う私に、彼はドアに向けて歩きながら、「お前を抱こうと思って」とサラリと答えた。

「はあ⁉　ちょっと待ってよ。想いが通じ合ったばかりなのに、早すぎるでしょ！」

もったいぶっているわけではなく、私と同じように考える女性が一般的ではないかと思う。

彰人の腕の中で慌てる私に、「こら、暴れるな」と横柄に叱る彼は、廊下へと足を踏み出している。

そして早すぎるという私の指摘に対し、フンと鼻を鳴らして、「むしろ遅いくらいだ」と言い放った。

「俺がどれほど我慢してたのか、知らないのか」

「我慢って……？」

彰人が言うには、私がカウチソファでうたた寝している時の半開きの唇には、男を惑わせる魔力があるらしい。

シャワーを浴びる音が聞こえれば、意思に反して欲情してしまい、こらえるのに苦労したそうだ。

朝、部屋から出てきた私がノーブラ、パジャマ姿で『おふぁよう』とあくびした時には、『こいつは……押し倒してやろうか』と怒りが湧いたのだとか。

それを「知らないのか」と非難されても、顔を熱くした私は「知るわけないでしょ！」と答えるしかない。

しかし、言い争っている場合ではないようだ。

彰人は私を抱えたまま、器用に自分の寝室のドアを開けている。

彼に抱かれるのは決して嫌ではないし、欲情を抑えられないというのであれば、百歩譲って今日結ばれるのもよしとしよう。でも、少しくらいは、心の準備に時間が欲しいところだ。

ドア横の壁に手をかけて、連れ込まれまいと抵抗する私は声を張り上げる。

「待ってよ！　まずはシャワーを浴びさせて。下着の準備とか、女は色々と手間をかけたいんだから」

それくらいのわずかな時間なら、彰人も我慢できるはずだと思ったのに、「今朝、シャワーを浴びてから出勤しただろ。それで充分だ。俺は気にしない」と淡々と言われてしまった。

「私が気にするの！」

「じゃあ、一緒に入るか？」

「恥ずかしいからやだ」

「わかった。それなら、このままやろう。終わった後に、風呂を沸かしてやるからゆっくり入れ」

壁にかけていた手を剥がされて、薄暗い寝室に強引に連れ込まれる。

そして、彼のベッドに寝かされてしまった。

私が逃げないようにと、彼はすぐさま馬乗りになり、私の顔横に逞しい両腕を突き立てる。

もう、女心のわからない奴め……。

せめてもの抵抗として、覆い被さる彼の胸を両手で押して、「やるとか、ムードのないこと言わないでよ」と非難した。

すると「お前はムードを気にするような女じゃないはずだ」と決めつけられる。

両手首を掴まれ、軽々とシーツに押さえつけられて、最後の抵抗もできなくなる。

男の色気を溢れさせる瞳が私をじっと見下ろしていた。

私の速い鼓動が七拍を刻む間、彼は真顔で口を引き結んでいたが、やがて唇を開き、熱い男心を打ち明ける。

「待ってやれないんだ。悪いな。莉子が、たまらなく欲しい……」

その言葉によって、私は口撃さえも封じられてしまう。

愛され、求められている今を幸せに感じて、胸の高鳴りを抑えることができなかった。

私の体から力が抜けるのがわかったのか、彼は手首の拘束を解いてくれた。

ベッドランプが灯されると、薄暗い寝室で、彼と私がオレンジ色の淡い光に包まれる。

私に跨《また》がったまま、ワイシャツを脱いでしなやかな筋肉美を披露した彼は、前髪をかき上げてから妖艶な笑い方をした。

ムードは……あるみたい。

溢れ出る彰人の色気にやられて、のぼせてしまいそうなほどに、私の顔は火照る。

ゴクリと唾を飲み込めば、彼に抱かれたいという気持ちが急激に膨らんで、熱い吐息が漏れた。

私の心の変化に気づいたかのように、彼は嬉しそうにフッと口元を緩める。

ゆっくりと近づいてきた端整な顔は、五センチほどの距離で一度止まった。

「莉子……」と呼びかける声が唇にかかり、私は下ろそうとしていた瞼を上げる。

すると、視線が交わった直後に、唇を強く押し当てられた。

情熱的で、それでいて優しい舌遣いに、私の息はすぐに熱くなる。

服を脱がされた私は、全身をくまなく愛されて、涙目になるほどの快感に溺れていた。

「彰人が、好き……」

これまで何度も言おうとして、躊躇《ちゅうちょ》してきた言葉が、今は自然と口から漏れる。

「大好き……」と繰り返したら、彼が私に深く口づけて、それと同時に私の中に入ってきた。

ひとつになれる喜びに、甘く呻いて身を捩れば、ぎゅっと強く抱きしめてくれる。

彼の唇が私の頬から耳へと滑り、囁くような声の、嬉しい命令を聞いた。

「莉子を愛してる。お前はもう俺のものだ。帰りたいと言っても帰さないから、覚悟しろよ」

彼は間違いなくツンデレだと思うけど、私も大概、似たようなものかもしれない。

打ち寄せる快感に喘《あえ》ぎつつ、『そっちこそ覚悟しなさいよ』と心の中で反論する。

私の今後の人生も含めて、彰人ほど好きになれる男性は、他に現れないと確信している。

だから、可愛げのない私が嫌になって離れたいと言っても、絶対に離れてあげないんだからね……。

# 特別書き下ろし番外編

# ツンデレ流のプロポーズ

ファンベル製菓の専務取締役を務める高旗彰人が、織部茶問屋の娘、莉子と交際を始めて十カ月が経とうとしている。

日曜日の朝八時。

タイマー予約していたエアコンの作動音で目覚めた彰人は、上半身に服を纏わぬ姿で、ベッドに身を起こした。

夏の強い日差しが、カーテンの隙間から寝室に入り込んでいる。

隣には下着姿の莉子がまだ眠りの中にいて、暑いのか、「うーん」と唸ると寝返りを打ち、彼に背を向けた。

(朝食を作ってから、起こすか……)

そう考える彰人は、汗でうなじに張りついている彼女の髪を、指で梳《す》くようにして後ろに流し、愛しげに見つめた。

(莉子と出会ったのも、こんなふうに暑い夏だったな……)

彼の頭には、昨年の夏に、母親から渡された彼女の見合い写真が蘇っていた。

薄紅色の振袖を着て、澄まし顔をした莉子の写真を見た時、彼は綺麗な女だと感じても、心惹かれることはなかった。

それまでに母親の強い勧めで五度ほど見合いをさせられたが、いずれもそつなく綺麗にまとまった品のよいお嬢様ばかりで、個性というものが感じられず、少し話しただけで彼は飽きてしまった。

どうせこの女も同じだろう……そう考えた彼は、母親の顔を立てて会うだけ会うが、これまでと同様にすぐに断ろうと思い、莉子の見合い写真を閉じたのであった。

しかし、見合い当日にホテルのロビーで初めて対面した莉子は、彰人の想像を裏切るお嬢様らしくない女性であった。彼に向かって、『つまらないお坊っちゃま』と言い放ち、見合いをドタキャンして嬉しそうに帰っていったのだ。

しかもファンベル製菓の社員とは、どういうことなのか。

面食らった彼は、あの場では、引き止める言葉も出てこなかった。

女性の側から交際を断られた経験のない彼のプライドが傷つけられるのと同時に、莉子に対する強い興味が芽生えた。

それは、『生意気そうに見えたが、どんな性格をしているのか。見合いを断られても仕方ないと、俺が納得できるような、いい女なのだろうな……』という挑戦的な興味である。

二カ月の同居を強要したのは、莉子を自分に惚れさせて振るというよりは、彼女のことをもっと知りたくなったことが理由であった。

だが、お坊っちゃまはつまらないなどと生意気なことを言う彼女の、鼻を明かしてやりたいと思ったことも嘘ではない。

一年ほど前の自分を振り返りつつ、彰人は着替えを手に寝室から出て、まずはバスルームに向かう。寝汗をシャワーで流してから、さっぱりとした心持ちでリビングに入り、エプロンをつけてキッチンに立った。

今朝は洋食にするかと、冷蔵庫からオムレツの材料を取り出した彰人は、慣れた手つきで玉葱をみじん切りにしながら、また意識が過去に戻される。

(同居を始めたばかりの頃は、いちいち口答えしてくる莉子に腹を立てていたな……)

可愛げのない性格をしていると呆れたものだが、不思議と嫌な感じはなく、こう言えばどんな返しをしてくるだろうと考えているうちに、次第に口論を楽しみ出した自分がいた。

会社にいる間、腰の低い部下たちに囲まれていると物足りなく感じ、自分を呼び捨てにして生意気なことを言う莉子の待つ家に、早く帰りたいと思うようになっていた。

それが同居開始から十日ほど過ぎた頃のことで、業務報告のために社長室を訪れていた彰人は、父親から『そうだ、董子《すみれこ》が話があると言ってたぞ。近日中に家に帰ってやれ』と言われて、心の中で『げ……』と呟いていた。

董子というのは、彼の母親である。

その用件は、実家に帰らずとも予想できた。

織部家との見合いも不発に終わったと母親は思っているため、次の相手を探してきたのだろう。見合い写真を渡されるに違いない。

うんざりする思いで『後で電話する』と父親に答えたら、気持ちが顔に表れてしまったのか、父親はため息をついてこう聞いたのだ。

『お前はどんな女が好みなんだ？　それを言わなければ、董子は手当たり次第に見合い話を持ってくるぞ。早く孫が欲しいと、最近はそればかりだ』

母親は働いたことのない根っからのお嬢様である。ひとり息子は成人したら家を出てしまい、構う相手がいなくて寂しいのだろう。

早く孫を……という気持ちはわからなくもないが、結婚するのは母親ではなく彼なのだ。伴侶《はんりょ》選びを急かすのはやめてほしいと、彰人は思っていた。

けれども、どんな女が好みかという父親の質問には、真面目に考えてみる。

社会人になってから交際した女性は三人いたが、どの女性とも長続きせず、彰人の仕事の多忙さからすれ違い、その結果、彼から別れを告げるという繰り返しであった。

思い返せば、三人とも、会えないことに対して文句を言うことはなく、彼を責めずに大人しく連絡を待つようなタイプの女性であった。久しぶりのデートの時には、彰人の機嫌を窺うような目で見て、なにを言っても笑顔で頷き、反論も文句も言わない。

彰人は、そんな彼女たちの気遣いに苦痛を覚えた。『言いたいことがあれば、はっきり言ってくれ』と、よく話したものだ。

それが、莉子の場合はどうだろう？　はっきりとものを言いすぎだ。

ツンデレなどと言われたのは初めてで、莉子の前だとクールでいられなくなる自分に、彼は戸惑っていた。

『お前の好みは？』と、執務椅子に座る父親が再度問いかける。

それに対して彰人は、『生意気で口答えする女』と答えたのであった——。


玉葱と挽肉をフライパンで炒め、割りほぐした卵に牛乳とチーズを加えて、手際よくオムレツを焼き上げたら、次に彼は食パンをトーストして、グリーンサラダを作る。

手を休めることなく動かしながら、生意気で口答えをする女が好みだと父親に話したことがきっかけで、莉子を意識するようになったのかもしれないと考えていた。

まだはっきりと恋とは言えない思いは、その後に、莉子が同僚男性の罠にはまりそうになり、焦って迎えに行ったことで形を成した。

他の男に取られたくない。莉子を恋人にしたい……と思うようになったのだ。

それからは、自分に振り向かせようとスキンシップを増やしたり、一緒の時間を増やそうと仕事のスケジュールを調整し、早く帰宅するように心がけたりして、彼なりに努力していたのだが、なにぶんお互いに意地っ張りな性分である。心が通じるまでにかなりの時間を要してしまったのは仕方ない。

彰人は対等に口喧嘩ができる生意気な女性が好みで、莉子も似たような性格の男性に惹かれるようだから。

ダイニングのカウンターテーブルに朝食を並べ終えたら、部屋着姿の莉子が「おはよ」とあくびしながらリビングに入ってきた。

昨夜の情事が激しすぎたのか、気怠げな彼女に、「朝飯、できてるぞ。早く座れ。飲み物はなににする？」と声をかければ、莉子は朝食に視線を向ける。

「今朝はオムレツなんだ。じゃあ、ミネストローネが飲みたい。作って？」

「お前な……。遠慮という言葉を知らないのか」

ホールトマトの缶詰を出しながらも、さらにもう一品作らせようとしている莉子に呆れて文句を言えば、カウンターの椅子に腰かけた彼女が堂々と言い放つ。

「彰人に遠慮したくない。言いたいことははっきり言うよ。この先もずっと一緒にいたいと思うからね」

未来への希望を口にしてしまってから、恥ずかしそうに視線を逸らして頬を赤らめた彼女に、彼は口の端を緩やかにつり上げた。

（まったく、ツンデレはどっちなんだ。可愛くて、朝食の前に莉子を食べてしまいたくなる……）

五分でミネストローネを完成させた彰人は、彼女の隣の席で同じ料理を口にする。

『この先もずっと一緒にいたい』と言ってくれたことに勇気づけられる思いだが、実はここ数日間、緊張もしている。

それは、重要な企みをしているせいであった。


朝食が済んで、一時間ほどが経つ。

リビングのカウチソファに寝そべって暇そうにしている莉子に、彰人は「どこか行かないか?」とダイニングから声をかけた。

しかし、「どこかってどこ？　暑いからコンビニが精一杯」という不精な返事をされてしまう。

確かに夏真っ只中の東京は蒸し暑く、屋外に出るのが嫌になる気温であるのだが、彼には今日、どうしても彼女をデートに連れ出したい事情があった。

背もたれ側からソファに近づいた彼は、莉子の顔を覗き込んで嘆息する。

（こっちは緊張して誘ってるというのに、こいつはまた、たまチョコか……）

彼女はお気に入りのたまチョコフィギュアを手に、飽きもせずにニヤニヤと眺めている。

『俺とたまチョコ、どっちが好きなんだ』と問いただしたくなる彼であったが、たまチョコだと即答されそうな予感がして、口を閉ざした。

（暑くても、莉子が俺と出かけたくなる場所はどこだろう……）

そう考えた彼は、彼女の手の中のフィギュアを見て、なにかを思いついた顔をする。

テレビ前に置かれている丸テーブルの上からタブレットを手に取り、都内の水族館を検索した。

目当ての場所を見つけた彼は、ソファの前に回って、莉子にそれを見せる。

「これなら、どうだ」

水族館のホームページには、【深海魚展、開催中！】の文字が躍り、今、彼女の手の中にあるピンクシーファンタジアという名の深海のナマコの写真も掲載されていた。

カウチソファに勢いよく身を起こした莉子は、「行きたい！　フィギュアと同じだ！」と目を輝かせ、彰人の狙い通りにデートする気になってくれた。

よかったとホッとした彼は、「それなら早く支度しろ」と横柄な言い方をしつつも、腰を曲げて彼女の唇に軽いキスを落とす。

それに対して、「朝からなにするのよ……」と文句を言った莉子であったが、その頬はうっすらと赤く、口角は微かに上がっていて、キスをされたことに喜んでいるのが丸わかりであった。

可愛いな……と今日二度目の感想を心に呟き、またしても今すぐ抱きたいという欲求が沸き上がる彰人であったが、それをグッと押し込めて外出の準備をするべくリビングから出ていった。

それから四十分ほどが経ち、ふたりは都内の中心部にある、中規模の水族館にやってきた。

彰人は薄い水色の半袖ボタンダウンシャツに、グレーのズボンというラフな格好である。しかし、この後に少々格式の高い店での食事を予定しているため、紺色のジャケットを片腕にかけるようにして持っていた。

莉子は細かいストライプ柄の半袖ブラウスに、膝丈で甘すぎないレースのプリーツスカートという服装である。

日曜のため、水族館は子供連れの家族やカップルで賑わっていた。

入場してすぐに莉子は「深海魚展はどこかな?」と、数ある他の水槽は無視してズンズンと奥へ進んでしまう。

彰人が「おい」と呼びかけても、周囲は子供の歓声で賑やかなため、彼女に声が届かない。

体格のいい彼は人混みをかき分けて進むことが難しく、上手に人の間を縫って歩く莉子との距離は開く一方であった。

(あいつは、デートだという意識がないのか……)

通路が比較的広い場所で、なんとか莉子に追いついた彼は、「はぐれるだろ」と叱り、その手を繋いだ。

すると「迷子になる年じゃないのに」とすかさず言い返される。

彼女らしい物言いにムッとした彰人であったが、「別に手ぐらい繋いでもいいけど」と言葉を付け足されて、鼓動が跳ねた。

ほのかに色づく彼女の頬と、はにかむように逸らされた視線。

(そのツンデレを外で見せるのはやめてくれ。この場でキスして、抱きしめたくなるだろ……)

莉子と手を繋いで歩き出した彰人であったが、彼女の方を見ないようにしていた。

それは自分も顔が熱いことを自覚しているからである。

莉子も同じ心境にあるようで、照れている顔を見られまいと、お互いに顔を背けるふたりであった。

通路を道なりに進んで角を折れると、お目当ての深海魚展を見つけた。

暗幕のようなカーテンを潜って、広さ十五畳ほどの部屋に入れば、そこは通路よりも薄暗く、青白い照明に大小さまざまな水槽がぼんやりと浮かび上がって見える。

その中を奇妙な姿形をした生物が、ゆっくりと泳いでいる。

「この魚、フィギュアにあったよ。そっくり。やっぱりたまチョコフィギュアの完成度は高いよね。すごいな」

嬉しそうに水槽を眺める莉子を見て、彰人の表情も穏やかなものになる。

今日の計画の第一段階をクリアした心持ちだった。

このデートで莉子を楽しませた後に、彼は有名な割烹料理店を予約してある。そこで彼女の腹を満たしたら、次は東京の夜景を一望できるタワーホテルのバーラウンジで飲みながら……。

これからのスケジュールを頭の中で確認すると、鼓動が二割り増しで速まる。

それは緊張しているせいであった。

二カ月の意地の張り合いのような、あの同居を含め、莉子とのふたり暮らしは一年になろうとしている。まだ二日早いけれど、同棲一年記念に合わせて、彰人には彼女に伝えたい言葉があった。

それは……。

彼の喉仏がコクリと上下に動く。

（断られはしないと思うが、まだ早いと言われるかもしれないな。だが、うかうかしていたら、誰かに取られてしまいそうで……）

莉子は自分では大した美人でもないと思っているようだが、彰人の目には誰よりも魅力的に映っている。

丸く大きな瞳に、ぷっくりと美味しそうな唇。可愛らしい顔立ちに、強気な瞳がたまらない。

昨年の大和撫子対決で一部の社員を観客に呼んだため、そこから噂が瞬く間に広まって、莉子と彰人が恋人関係にあることは、社内で知らない者はいないだろう。

だから、莉子に手を出そうとする馬鹿はいないと思いきや、そうでもない。

この前、他部署の男性社員に声をかけられて、数人での飲み会に誘われたと彼女が言ったのを聞いて、彰人は焦りを感じているのだ。

莉子は営業部の同僚男性に騙されかけた過去がある。気が強くてはっきりとものを言う彼女だが、誰に誘われても跳ねつけることができるとも言い切れない。

（莉子を他の男に取られてたまるか……）

彼のその不安は、今日、この場にも訪れる。

深海魚を観賞し終え、展示室から出たところで、莉子が「あっ！」と声をあげた。

その声に驚いているのは、入れ違いに展示ルームに入ろうとしていた見知らぬカップルの男の方だ。

彼はスラリとした体型で彰人と同じくらいに背が高く、顔もなかなか整っている。

「莉子？」と呼びかけた男性に、彼女も「雅樹《まさき》」と名前を口にしたので、親しい間柄なのかと怪しんだ彰人は眉を寄せた。

（誰だ？　うちの社員ではないと思うが、友人か、もしくは元彼……？）

雅樹という男と莉子に怪訝な目を向けているのは、彰人だけではない。おそらく男の交際相手と思われる連れの女性も、警戒しているような表情をしていた。

それに気づいた様子の莉子と彼は、「久しぶり」「そうだな。じゃあな」とそれだけで会話を切り上げて、止めていた足を進めた。

【ペンギン館】と書かれた案内板の矢印の方へ歩きながら、彰人が横目で莉子を見ると、視線が合ってしまう。

あの男とはどういう関係かと、問いただしたい気持ちを、彼はこらえていた。

莉子は束縛されるのを嫌がると知っているため、交友関係に口出しすれば喧嘩になる恐れがある。心が狭いと思われるのも嫌だと考えていた。

しかし、なにも問いかけなくても、目は正直に気持ちを伝えてしまったらしく、小さなため息をついた彼女が自ら教えてくれた。

「北山《きたやま》雅樹。元彼だよ。四年ぶりくらいに会った」

それから「妬かなくていいよ。今は連絡先さえ知らないし、偶然に会うことはもうないでしょ」と、笑って彼をからかった。

「妬いてない」とムッとして答える彰人の頬を、彼女はニヤニヤしてつつく。

「嘘だね。顔に面白くないと書いてあるよ」

とっさに片手を頬に当てた彼に、莉子は吹き出して笑う。

(俺が今日、どんな思いでここにいるのか知らずに、こいつは……)

腹立たしさを覚える彼であったが、その気持ちをぶつけないよう気をつける。

この先の計画を円滑に遂行《すいこう》するためにも、今日だけは喧嘩をするわけにいかないのだ。

それで「次行くぞ」と莉子の手を引き、歩く速度を上げてペンギン館へと進めば、彼女は「ん?」と不思議そうな声を出す。

「彰人、どうしたの?」

「なにがだ?」

「言い返してこないなんて変だよ。怒ったの?」

怒りをぶつけなかったことで、怒ったのかと聞かれるとは思わず、彰人は心の中で嘆息した。

(なぜ、そうなるんだ……)

歩速を緩めた彼は、彼女の手を一旦離すと、肩を抱き寄せる。

驚く彼女の額に口づけて、「莉子が好きだから、楽しい時間を共有したいと思ってる。それだけだ」と耳に甘く囁いた。

そして案の定というべきか、自分の言動に顔を熱くして、彼は照れるのだ。

彰人がデレモードに入ると、莉子はいつも喜ぶ。今も目を輝かせて頬を赤らめ、好きだと言われたこと以上に胸を高鳴らせている様子であった。

ペンギン館は、建物のテラスに作られた半屋内の展示スペースで、暑さ対策のミストを浴びて日陰でじっと動かないペンギンを、大勢の客が写真に収めていた。

広いスペースを取っているが、人が多すぎて前の方で見ることは難しそうだ。

小柄な莉子が背伸びをしているため、「肩車してやろうか?」と彰人は冗談を言う。

すると、「それだと子供みたいだから、おんぶでいいよ」と張り切った返事をされて、彼は面食らった。

「いや、お前、断れよ。膝丈スカートでおぶったら、下着が見えるだろ」

そう言って彰人がたしなめた時、「莉子」と後ろで誰かの声がした。

揃って振り向いたふたりの前には、先ほど、深海魚展の出入口ですれ違った北山が立っていた。

連れの彼女の姿はなく、彼ひとりなのは、どういうことなのか。

警戒心から彰人は、鋭い視線を向けてしまう。

莉子は目を瞬かせて「どうしたの?」と問いかけ、北山は睨む彰人を気にしつつも、用件を口にした。

「連絡先、聞いとこうと思って」

「え、なんで？」

「なんでって……今後、用があるかもしれないだろ。ていうか、機種変したのに連絡先教えないのはひどくないか？　喧嘩別れしたわけでもないのによ」

そう言って文句をぶつけた北山は、彰人に作り笑顔を向けて願い出る。

「莉子の彼氏さんですよね？　すみません、少し莉子とふたりで話をさせてください。五分でいいので」

連絡先を聞こうとしている北山に、彰人がふたりきりになるのを許せるわけがない。駄目だと言おうと口を開きかけたが、その前に莉子が元彼に問う。

「雅樹の彼女は？　トイレ？」

「いや、ペンギン観ながら待たせてる。莉子と話をする許可はちゃんと取ったよ」

「元カノと話して、嫌がらないの？」

「大丈夫。俺の彼女は心が広いから」

（深海魚展の出入口では、名前で呼び合ったこいつらに、俺と同じように警戒の目を向けていたように感じたが……）

北山の彼女が、ふたりで話すことを許したと聞いて、彰人は驚いていた。そして焦りから、「五分だけならいい」と心にもないことを言ってしまう。

ここで拒否すれば、北山の彼女と比べて心が狭いと思われることだろう。

莉子を信じていないのかと、非難されるのも困る。

それで物分かりのいいふりをして、作り笑顔を向けた彰人だが、莉子に探るような視線でじっと見つめられる。

『それ、本心じゃないよね？』と、本当は独占欲と嫉妬が入り混じる気持ちを見破られてしまいそうな気がして、彼は動揺する。

急いで莉子に背を向けると、「煙草を吸ってくるから、話が終わったら連絡してくれ」と言い置いて、足早に歩き出した。

（俺、煙草は吸わないのに、なに言ってんだ。余裕をなくしているのがバレてしまうだろ……）

内心、焦っている彰人は、そのままペンギン館を出る……のではなく、人混みに紛れるようにして隠れ、莉子たちの姿を目で追っていた。

ふたりは日陰のある場所まで移動して、立ち話をしている。

暑い日差しを避けたい人々で、そこもペンギンの真ん前と同じくらいに混んでいて、近づいても気づかれる恐れは低そうである。

頷いた彰人は、そっと忍び寄り、ふたりの背後から、間に数人の見知らぬ人をおいて聞き耳を立てた。

(俺は莉子を疑っているわけじゃない。裏切るような真似はしないと信じているが……強引に誘われて、万が一、断りきれずに後日会うことを了承してしまうようなら、止めに入らないと)

自身の鼓動が嫌な音で鳴り立てるのを煩わしく思いながら、彼はふたりの会話に集中する。

お互いの近況を教え合っているところまではよかったのだが、その後に北山が「莉子と別れて後悔したんだ」と言い出したから、彰人は警戒を強めた。

(ほらきた。未練がありそうな気がしたんだ。連絡先を交換させてはいけないな……)

北山は後悔の詳細について語っている。

別れを切り出したのは彼の方からであったそうだが、それは莉子の気持ちを試そうと思ってのことだったとか。

同い年のふたりは社会人一年目の秋に、二年半の交際を終了させた。慣れない仕事にお互いに必死で、恋人との時間を作ることができず、心がすれ違った、という事情であったようだ。

しかし、それは莉子が解釈している別れの理由であって、北山の方は違った。

『滅多に会えないなら、付き合っている意味がないだろ。一度、別れてみないか？』

そう切り出したら、莉子が慌てて、『もっと雅樹と過ごす時間を作るから、別れたくない』と答えると思っていたそうだ。しかし、残念ながら彼の期待通りにはならず、『わかった。別れよ』とあっさりと言われてしまう。

そして別れてから三カ月後、寂しくなった莉子がそろそろ別れを後悔している頃かと、北山は期待した。久しぶりに声が聞けることに胸を高鳴らせて連絡を取ろうとしたら……スマホの電話番号もメールアドレスも変わっていて、音信不通になってしまったのだとか。

莉子の中から自分に対する恋愛感情がすっかり消えていると理解した彼は意気消沈し、彼女の自宅アパートを訪ねる勇気は出せなかったという話であった。

未練があることを語った彼に、彰人は日陰で涼む人の間から、鋭い視線を向けていた。

莉子と北山の距離は半歩ほど開いているが、北山がほんの少し彼女に近づくのが見えた。

「だからさ、莉子とこうして再会できて嬉しいんだよ。友達でいいから、また俺と会ってほしい。連絡先を教え――」

般若《はんにゃ》の如き険しい顔をした彰人に、目の前にいた見知らぬ中年の男女が肩をビクつかせていた。

自分たちが睨まれていると勘違いした気の毒なふたりが、日陰から逃げていったので、彰人と莉子たちの距離が近づいた。間には初老の婦人三人組しかいないため、莉子が振り向けば盗み聞きに気づかれることだろう。

しかし、彼女が後ろを気にすることはなく、北山の言葉を遮るようにして、「連絡先は教えられない」と真面目な声色できっぱりと断った。

「私は今、彼氏がいるし、雅樹も彼女持ちでしょ。友達付き合いをすれば、お互いの恋人を不安にさせてしまうよ。私たちの関係はもう過去のこと。今を大切にしないと」

莉子の言葉に胸打たれた彰人は、眉間の皺を解いて口元を引き結んでいた。

(俺のために断ってくれたのか。まずい、嬉しくて涙腺が緩みそうだ……)

怒りと不安、止めに入ろうとしていた気持ちは消えて、莉子を信じて彼女の判断と対処に任せようと思い直す。

それと同時にハラハラして盗み聞きしてしまった自分を情けなく感じ、音に出さないため息をつくと、ふたりに背を向けて離れようとした。

するとと「俺の彼女の心配ならいらないから」という北山の声が聞こえてきた。

「俺の交友関係に口出ししてきたことはないし、今も『私のことは気にせず話してきていいよ』って言ってくれた。あの子は心が広いから、俺が元カノと友達付き合いしても、妬いたりしないと思う」

莉子がはっきり断っても食い下がる北山に、彰人は足を止められる。

(やはり、ここは俺から、手を出さないように釘を刺しておいた方が……)

そう思って振り向いたら、莉子の頼もしい声を聞いた。

「それ、間違ってる。雅樹の彼女は口出ししないんじゃなくて、できないだけでしょ。ほら、あそこで心配そうにこっち見てる。雅樹の都合で心が広いことにされたら可哀想だよ。本心に気づいてあげないと」

莉子の指差す先を見た彰人の目にも、日なたの人混みの中で、ペンギンを見ずにこっちを向いている、北山の彼女の姿が映った。不安に耐えているような顔をして、どうやら莉子の言う通りの心境にあるようだ。

「ね?」と問いかけた莉子に、北山は「あ、ああ……」とばつの悪そうな返事をして、自分の間違いを認めたようである。

クスリと笑った莉子は、今度は明るい調子で言った。

「私の彼氏もきっと、ハラハラして待っていると思うんだ。意外とやきもち焼きなんだよね。本人は隠そうとしてるけど」

莉子は彰人のことを楽しそうに話し出す。

彰人が用もないのに、時々、開発部に顔を出すようになったのは、男性社員への牽《けん》制《せい》の意味があってのことだろうと、彼女は見破っていた。

社員の男女数人グループでの飲み会に誘われたと報告すれば、メンバーを聞いた上で、『その日はお前と飯を食いに行こうと思ってレストランを予約してあるから断れ』と飲み会に行かせてくれないこともあったと、莉子はおかしそうに笑って言った。

「かっこつけて平気なふりをしても、バレてるからね。今も心配で仕方ないんでしょ？　私には彰人しか見えてないから、大丈夫なのに」

彼女は北山に向けて話しているはずなのだが、まるで彰人に語りかけているような口ぶりである。

間にいた初老の婦人三人組が、「もう一回ペンギン見て帰りましょうか」と日なたへ出ていったため、彰人と莉子たちの間がガラ空きになってしまう。

まさか……と彰人が危ぶんだのはその通りで、パッと振り向いた莉子が「これで安心した？」と笑いかけるから、彼は心の中で狼狽《うろた》えた。

（気づいてたのかよ……やられた。これは、恥ずかしいどころじゃ済まないな……）

苦笑いするしかない彰人に、莉子は歩み寄り、隣に並ぶ。

普段、そんなことはしないというのに、彼女の方から彼に腕を絡ませてきた。

これはきっと、なにがあっても自分の心は彰人から離れないという、莉子の意思表示だろう。

左腕の温もりに安堵し、嬉しく思う彼の胸には、いくらか余裕が戻ってきた。

二歩ほど距離を置いて向かい合っている北山は、まずいと焦っているような、残念そうな顔に見える。

そんな彼に彰人は、低い声で忠告した。

「莉子の連絡先を聞き出そうとするのはやめてくれ。どうやら俺は心が狭いらしい。俺の女に近づくな」

小さなため息をついた北山は、「わかりました」と言って背を向けた。

心配そうにこちらを見守っている交際相手の方へ歩き出した彼の背に、諦めの気持ちを感じ取って、彰人は胸を撫で下ろす。

「彰人」と呼ばれて隣に顔を向ければ、ニヤニヤしている莉子と視線が合った。

「な、なんだよ」と上擦る声で答えると、彼女はプッと吹き出して明るい笑い声をあげた。

「物分かりのいい彼氏のふりは、失敗だったね。かっこつけなくていいのに。嫉妬している彰人は、可愛かったよ」

からかわれた彰人は舌打ちしつつも、頬は勝手に熱くなる。

こちらの思惑が彼女にバレバレであったことが恥ずかしく、動揺を隠すために顔を背けた。

すると彼女は絡めた腕を外して彼の正面に立ち、その顔を覗き込む。

「あ、ほっぺが真っ赤。デレる顔が見られて、私に対する愛情も確認できるから、妬かせるのもたまにはいいかもね」

ここぞとばかりにからかって楽しむ彼女であったが、いささかやりすぎたようである。

（こいつは……仕返ししてやる）

戦意の芽生えた彰人は、莉子の腰と後頭部に腕を回して引き寄せると、拳ひとつ分の距離まで顔を近づけた。

「キャッ」と驚いて、「こんな場所で駄目だよ！」と慌てる彼女に、彼はニヤリとする。

その瞳に男の色香を漂わせ、薄く開いた唇をひと舐めして湿らせると、形勢逆転とばかりに甘く囁いた。

「なに、慌ててるんだよ。俺の愛情を確認したいんだろ？　ほら、目を閉じろ」

「彰人、待っ――」

「待たない。ツンデレはお前の方だ。存分に照れてみせろ」

彰人は莉子の唇を塞いだ。

周囲に人の目があるため軽いものにしておいたが、それでも彼女の顔を赤く染めるには充分であった。


水族館を出た後のふたりは、彰人が予約していた割烹料理店で特上のコース料理に舌鼓《したつづみ》を打った。

そして二十一時になった今、タワーホテルの最上階にある展望バーラウンジで飲んでいるところだ。

莉子の元彼と遭遇してしまったこと以外は計画通りに進み、彰人は安堵と緊張を同時に感じていた。

しっとりと大人の雰囲気が漂うバーラウンジは、壁一面がガラス張りで、眩い東京の夜景が目に映る。

ふたりはひとり掛けの革張りソファに腰掛けて向かい合い、間にあるテーブル上に、それぞれの飲み物が置かれていた。

莉子は甘口のシャンパンで、彰人はブランデーである。

長い足を組み、ブランデーグラスを揺らして中の氷をカランと鳴らした彰人に、莉子はクスクスと笑う。

「どうしたの？　今日は随分とかっこつけるね」

「馬鹿。俺はいつもかっこいいんだ。知らなかったのか？」

「知ってるよ。彰人の外面は非の打ちどころがないほど、いい男。でも中身は俺様で可愛いツンデレくん」

ふたりは五歳、年の差がある。年下の女性で彰人に軽口を叩くのも、彼の大人の色気にのぼせずに強気な目でからかってくるのも、莉子くらいのものである。

フンと鼻を鳴らしただけで、それ以上言い返さない彰人に、莉子はシャンパングラスを置いて首を傾げた。

「ねぇ」

「なんだ？」

「やっぱり、今日の彰人は変だよ。口喧嘩にならないもの。まさか――」

そう言った莉子の顔が急に曇る。

「私との口論に……ううん、私に飽きてきたわけじゃないよね？」

彼女があらぬ方向への心配をするため、彼は心の中でため息をついた。

いつもと違って見えるのは、彼が緊張しているせいだろう。決して莉子を不安にさせたい意図はなく、これから大切な話を切り出そうとしているため、余計なことで言い争いをしたくないだけなのだ。

それなのに彼女は眉を寄せて、彼の思惑とは真逆の問いを投げかける。

「なんで黙ってるの？　もしかして、別れ話を切り出そうとしてる……？」

今度は莉子に聞こえるようにため息をついた彼は、組んでいた足を外して、ジャケットのポケットに片手を入れた。そこから、あるものを取り出して、テーブルの上に置く。

「違う。別れるわけないだろ。他の男の目に触れさせたくないほど莉子を愛してる。これをお前に渡そうとして、今日一日、緊張していただけだ」

彼女の不安を解くために白状した彼は、言ったそばから頬を熱くして照れている。

恥ずかしさに一旦席を外したい気持ちになったが、ここが勝負どころだと、真剣みを帯びた顔を崩さずに、ぐっとこらえていた。

速い鼓動を感じている彰人に、莉子は不思議そうに目を瞬かせると、テーブルに置かれたプレゼントを手に取った。

それは……たまごんチョコレートの箱である。

「たまチョコは嬉しいけど、なんで緊張するの？」と問いかけながら、彼女は裏表をひっくり返して箱を確かめている。そして「えっ⁉」と驚きの声をあげた。

「これ、市販のものじゃない。【莉子シリーズ】って印字されてるけど、どういうこと？　特注？　あ、もしかして同居一年記念のプレゼント？」

同居一年記念の贈り物ではないが、それを否定せずに「開けてみろ」と彰人は偉そうに言う。

しかし鼓動は極限まで速く大きく鳴り立てて、心に余裕はなかった。たまチョコの中身を見た莉子がなんと言うのか、彼は期待と不安を同時に抱えている。

（まだ早いと言われてしまうだろうか……）

今日、何度も自問したことがまた頭をよぎる。

莉子は箱から卵形のチョコレートを取り出して、それを割った。

早く中に入っているカプセルを開けたいと、チョコを急いで食べた彼女は、ワクワクしている顔つきに見える。

どんなフィギュアが入っているのだろう……と思っていそうな彼女がカプセルを開けたら、「あっ」と呟いて固まった。

ただの同居一年記念のプレゼントとは思えない、大粒ダイヤの指輪が入っていたからだ。

「莉子」と彰人に優しい声で呼ばれたら、彼女はハッとしたように視線を合わせる。

その大きな丸い瞳に、たちまち涙が溜まった。

バーラウンジに小さく流されているジャズに、彼の低く伸びやかで誠実な声が交ざる。

「俺と結婚してほしい。まだ早いと思うかもしれないが、お前を誰かに取られるのではと心配で……。今の莉子も、未来の莉子も、俺のものだ」

彼女の目に溜まった涙は溢れて、ほんのりと赤く色づいた頬を静かに流れていた。

感動している様子の彼女に、彰人は期待を大きく膨らませて「返事は？」と催促する。

「うん、嬉しい……」

そう答えるのが精一杯であるようで、莉子は口を閉じて左手で目元を覆い、泣き顔を隠していた。

ホッと息をついた彰人の胸には、安堵と彼女への愛しさが込み上げる。

席を立った彼は、莉子の横に移動する。中腰になり、顔を隠している彼女の左手を取ると、その薬指に婚約指輪をくぐらせた。

「泣くなら、俺の胸で泣いたらどうだ」と彼が笑って言えば、「またかっこつけて」と非難しつつも、立ち上がった彼女は彼の胸に顔を埋めた。

莉子をしっかりと抱きしめて喜びを噛みしめる彰人は、彼女に甘く囁く。

「たまチョコの莉子シリーズは、これから毎年この日に、お前にプレゼントする。俺が年老いて死ぬまで、贈り続けるからな」

彼の着ているボタンダウンシャツが、しっとりと湿っていくのがわかる。

「もう、涙が止まらないじゃない……」と文句を言った莉子は、それから彼を仰ぎ見て、嬉しそうに微笑んだ。

「彰人、愛してる」

「やけに素直だな」

「今日だけね」

「それなら今日は、素直なお前をたっぷり愛しておかないといけないな。スイートルームを予約してある。続きは、そこで……」

無事にプロポーズを決めた彰人は、彼女の腰に腕を回して歩き出す。

その口の端は緩やかに弧を描き、この先にあるふたりの未来に、幸せな想いを馳《は》せていた。

END

# あとがき

この本をお手に取ってくださった皆様に、心よりお礼申し上げます。

ツンデレ同士の恋模様は、いかがでしたでしょうか？

最初は彰人のみツンデレ設定にしていたのですが、書き進めるうちに、いつの間にか莉子も似たような性格になっていました。

ふたりが文句を言い合うシーンや、デレモードに入る場面は、楽しんで書くことができました。皆様にも、笑ってお読みいただけることを願っております。

莉子と彰人の恋路を邪魔する三人の女性キャラに、東西南北の一文字を入れてみました。お気づきになられた方がいらっしゃいましたら、嬉しいです。

本編では『北』が出てこなかったので、番外編で北山という元彼を登場させてみました。未練たらたらの北山に対し、『雅樹の都合で心が広いことにされたら可哀想だよ。本心に気づいてあげないと』と諭す莉子の台詞が個人的に気に入ってます。

気の強い女性を書くのが好きです。私自身はどちらかというと臆病で、人と口論することは苦手なので、莉子のようにはっきりと主張できる強い女性に憧れます。

ベリーズ文庫について少し。

昨年、めでたく五周年を迎えましたベリーズ文庫に、異世界ファンタジーという新ジャンルが誕生しました！　ありがたいことに、私も書かせてもらっております。

現代ものとはまた違う胸キュン、ドキドキを描くことができて、面白いジャンルです。ヒロインが自分の力で未来を切り開いていく爽快感もあります。

これまでファンタジーには縁がないという方にも是非一度、ベリーズ文庫のファンタジーをお手に取っていただきたいです。よろしくお願いします！


最後になりましたが、編集担当の福島様、妹尾様、文庫化にご尽力いただいた関係者様、書店様に深くお礼申し上げます。

表紙を描いてくださった蔦森えん様、スーツ姿がかっこいい彰人とルームウェアが可愛い莉子をありがとうございます。

文庫読者様、ウェブサイト読者様には、平身低頭で感謝を！

またいつか、ベリーズ文庫で、皆様にお会いできますように……。

藍里《あいさと》まめ

藍里まめ先生への
ファンレターのあて先

〒104-0031
東京都中央区京橋 1-3-1
八重洲口大栄ビル7F
スターツ出版株式会社　書籍編集部　気付

藍里まめ先生

本書へのご意見をお聞かせください

お買い上げいただき、ありがとうございます。
今後の編集の参考にさせていただきますので、
アンケートにお答えいただければ幸いです。

下記 URL または QR コードから
アンケートページへお入りください。
http://www.berrys-cafe.jp/static/etc/bb

# お見合い相手は俺様専務!?（仮）新婚生活はじめます

2019年1月10日　初版第1刷発行

著　者　藍里まめ

発 行 人　松島 滋
デザイン　カバー　ナルティス：井上愛理
　　　　　フォーマット　hive & co.,ltd.
校　正　株式会社鷗来堂
編集協力　妹尾香雪
編　集　福島史子
発 行 所　スターツ出版株式会社
〒104-0031
東京都中央区京橋1-3-1　八重洲口大栄ビル7F
TEL　販売部　03-6202-0386（ご注文等に関するお問い合わせ）
URL　http://starts-pub.jp/
印 刷 所　大日本印刷株式会社

Printed in Japan

乱丁・落丁などの不良品はお取替えいたします。
上記販売部までお問い合わせください。
定価はカバーに記載されています。

ISBN 978-4-8137-0602-1　C0193

# ベリーズ文庫 2019年1月発売

『授かり婚～月満チテ、恋ニナル～』 水守《みずもり》恵《え》蓮《れん》・著

事務OLの莉緒は、先輩である社内人気ナンバー1の来栖にずっと片思い中。ある日、ひょんなことから来栖と一夜を共にしてしまう。すると翌月、妊娠発覚!? 戸惑う莉緒に来栖はもちろんプロポーズ！ 同居、結婚、出産準備と段階を踏むうちに、ふたりの距離はどんどん縮まっていき…。順序逆転の焦れ甘ラブ。

ISBN 978-4-8137-0599-4／定価：本体650円＋税

『イジワル御曹司様に今宵も愛でられています』 美森《みもり》 萠《めぐむ》・著

父親の病気と就職予定だった会社の倒産で、人生どん底の結月。ある日、華道界のプリンス・智明と出会い、彼のアシスタントをすることに！ 最初は上品な紳士だと思っていたのに、彼の本性はとってもイジワル。かと思えば、突然甘やかしてきたりと、結月は彼の裏腹な溺愛に次第に翻弄されていき…。

ISBN 978-4-8137-0600-7／定価：本体640円＋税

『クールな御曹司の甘すぎる独占愛』 紅《くれない》カオル・著

老舗和菓子店の娘・奈々は、親から店を継いだものの業績は右肩下がり。そんなある日、眉目秀麗な大手コンサル会社の支社長・晶と偶然知り合い、無償で相談に乗ってもらえることに。高級レストランや料亭に連れていかれ、経営の勉強かと思いきや、甘く口説かれ「絶対にキミを落とす」とキスされて…!?

ISBN 978-4-8137-0601-4／定価：本体650円＋税

『お見合い相手は俺様専務!? (仮)新婚生活はじめます』 藍里《あいさと》まめ・著

OL・莉子は、両親にお見合い話を進められる。無理やり断るが、なんとお見合いの相手は莉子が務める会社の専務・彰人で!? クビを覚悟する莉子だが、「お前を俺に惚れさせてからふってやる」と挑発され、互いのことを知るために期間限定で同居をすることに!? イジワルに翻弄され、莉子はタジタジで…。

ISBN 978-4-8137-0602-1／定価：本体630円＋税

『誘惑前夜～極あま弁護士の溺愛ルームシェア～』 あさぎ千夜春《ちよはる》・著

食堂で働く小春は、店が閉店することになり行き場をなくしてしまう。すると店の常連であるイケメン弁護士・閑が、「俺の部屋に来ればいい」とまさかの同居を提案！ しかも、お酒の勢いで一夜を共にしてしまい…。「俺に火をつけたことは覚悟して」――以来、閑の独占欲たっぷりの溺愛が始まって…!?

ISBN 978-4-8137-0603-8／定価：本体640円＋税

タイトル、価格等は変更になることがございますのでご了承ください。

# ベリーズ文庫 2019年1月発売

## 『国王陛下は純潔乙女を独占愛で染め上げたい』 星野《ほしの》あたる・著

ウェスタ国に生まれた少女レアは、父の借金のかたに、奴隷として神殿に売られてしまう。純潔であることを義務づけられ巫女となった彼女は、恋愛厳禁。ところが王宮に迷い込み、息を呑むほど美しい王マルスに見初められる。禁断の恋の相手から強引に迫られ、レアの心は翻弄されていき…!?

ISBN 978-4-8137-0604-5／定価：本体650円＋税

## 『なりゆき皇妃の異世界後宮物語』 及川《おいかわ》 桜《さくら》・著

人の心の声が聴こえる町娘の朱熹。ある日、皇帝・曙光に献上する食物に毒を仕込んだ犯人の声を聴いてしまう。投獄を覚悟し、曙光にそのことを伝えると…「俺の妻になれ」――朱熹の能力を見込んだ曙光から、まさかの結婚宣言!?　互いの身を守るため、愛妻のふりをしながら後宮に渦巻く陰謀を暴きます…！

ISBN 978-4-8137-0605-2／定価：本体620円＋税

## 『異世界で、なんちゃって王宮ナースになりました。』 涙鳴《るいな》・著

看護師の若菜は末期がん患者を看取った瞬間…気づいたらそこは戦場だった！　突然のことに驚くも、負傷者を放っておけないと手当てを始める。助けた男性は第二王子のシェイドで、そのまま彼のもとで看護師として働くことに。元の世界に戻りたいけど、シェイドと離れたくない…。若菜の運命はどうなる?

ISBN 978-4-8137-0606-9／定価：本体660円＋税